© Literaturverlag Droschl Graz – Wien 2015
3. Auflage 2017

Umschlag: & Co www.und-co.at
unter Verwendung eines Bildes von © deviantart by Ivette Stock
Satz: AD
Druck: Theiss

Mit freundlicher Unterstützung der Kulturabteilung der Stadt Wien

ISBN 978-3-85420-964-5

Literaturverlag Droschl Stenggstraße 33 A-8043 Graz
www.droschl.com

Ilse Helbich

Schmelzungen

Literaturverlag Droschl

Eins

Ein sonnengetränkter Spätherbsttag am Rand des Nordwaldes. Das Gehen ist heute ein Fließen, sie streift über die gerade gemähten Wiesen langsam dahin, dann rastet sie auf einem der Felsblöcke, die wie Inseln im Grünen liegen.

Sonne im Gesicht, die wartende Kühle des Steins dringt durch den Hosenstoff bis in die Knochen.

Weiter, der tief stehenden Sonne entgegen, eine Geblendete, schließlich wieder die schmale Landstraße und nach einer Weile ihre Bank, die unter der weißstämmigen Birke.

Sie sitzt und schaut, eingehüllt von der Sonnenwärme.

Manchmal die Atemstöße des Windes, er kommt kalt und löscht die Sonnenwärme aus, dass nur das Glänzen bleibt.

Die Wälder stehen im Dämmern, das Wiesengrün wird manchmal unterbrochen vom Erdbraun eines frisch gepflügten Ackers, seine Furchen wie sorgsam gesträhntes Haar.

Sie sitzt, hie und da fährt ein Auto vorbei, ihr ist, als wären sie alle sehr rasch, wie gehetzt auf ihren Wegen, wahrscheinlich jedoch ist es sie selbst, die aus der aufgetragenen Lebensgeschwindigkeit herausgefallen ist, hinein in eine andere Art von Dasein, eine des Schauens, eine des Atmens, und wenn wieder ein Windstoß kommt und vergeht und die Sonne durch die Kleidung wieder spürbar ist, als läge sie nackt unter dem Sonnenfeuer, und durch die halbgeschlossenen Lider das starke Glänzen noch kommt, das Wiesen und Wälder durchdringt und sie schweben lässt, und alles ein Jetzt ist unter dem starkblauen Himmel, ist da das Noch: »Nur einen Herbst gönnt, ihr Gewaltigen!, und einen Tag mir …« – aber da hat sie diesen Hölderlin-Vers für sich umgebogen.

♦

Immer noch und immer wieder die Überwältigungen.

♦

Etwa um 5 Uhr früh ein ganz merkwürdiger Traum, in dem ich mich als hellwach erlebe:

Ich sitze aufgerichtet in meinem Wiener Bett, rechts und links gestützt oder hochgehalten von zwei Männern, einem Unbekannten ohne Ausstrahlung, der andere Mann ist mein Sohn, aber als ein Jüngerer. Martin sieht mich beschwörend, jedoch gefasst an, seine Stimme ist nicht erregt, nur dringlich, er redet mir zu zu atmen, zu atmen und da zu bleiben.

Ich spüre, wie ich ihn aus meinen Augen ansehe, es ist, als wohnte ich nicht in meinem Körper, und doch schaue ich von innen heraus – ein Zustand, den es hier auf dieser Erde nicht geben kann? Ich bin leise verwundert und frage mich sehr ruhig, ob ich etwa im Sterben liege oder schon zu atmen aufgehört habe, und bin dabei ganz ruhig, in einem mir unbekannten andersweltlichen Gefühl.

Und dann bin ich, ohne Herzklopfen, wieder da und liege mit offenen Augen ganz still in meinem gewohnten Bett. Das dunkle Fenster mir gegenüber, es dämmert schon.

♦

Anton Bruckner ist anders. Er ist wie ein armer Bauer, der jetzt mit einer zaghaften Schamanengeste die Bewegung der Gestirne in den Himmeln auslöst. Jetzt kann er nur zusehen, wie die ungeheuren Massen in Wolkenformen sich ballender, nicht zu zügelnder Energien sich als neue Körper langsam durch die Leere schieben.

Jenseits unserer Formenwelt, ein Schieben und Wogen und sich Überrollen, manchmal eine spielende Auflösung wie im Tanz, kreisende Gewalten.

All das hervorzurufen ist in die Hand eines ungeschickten Menschen gegeben, der, je mehr er bewirkt, immer unscheinbarer werden muss; kein König, ein Bettler, der, wenn er weggerufen wird von den Notenblättern, wo er das von ihm Hervorgerufene Seite um Seite bezeugt, sein Manuskript sorgsam und zärtlich zudeckt: »damit der Michel nicht friert« – als ob es sein Kind wäre.

Als sollte ich zum Ende meines Lebens über das sprechen, was mich, zuerst unbewusst, dann immer bewusster, noch später immer unterirdischer, verborgener, durch mein ganzes Leben beschäftigt hat: Warum fehlt mir das treffende Wort? Das, was sich sowohl als transzendent, als auch ganz materialistisch als das vitale Empfinden meines Lebendigseins festmachen ließe?

♦

In all den vielen Jahren hat der Ausblick aufs Transzendente mein Leben gewichtet. Jetzt ist es, als rücke dieses Jenseitige immer näher, ja es beginnt, mit dem Alltäglichen hier zu verschmelzen.

Wie merkwürdig, dass ich für dieses Andere keinen Namen weiß – es das »Religiöse« oder gar »Gott« zu nennen, engt das, was da ist, in einen Panzer überkommener Vorstellungen.

Es ist erstaunlich, wie dieses Andere in allen Erlebenssphären, in allen Sinnen zuhause ist. Sein Erlebnis umschließt die Bereiche der Schönheit ebenso wie die körperlichen Erfahrungen – ich könnte es in manchen Augenblicken auch als vitale Körperempfindung, also geradezu biologisch beschreiben.

◆

Träume, von denen ich nachher nicht weiß, ob sie in der Bewusstlosigkeit des Schlafes zuhause sind oder aus einem fremden Winkel des hellen Tages kommen.

Ich gehe mit meinem Mann und unserem etwa 18-jährigen Sohn im Schnee spazieren. Heller Sonnenschein, glitzernder Schnee auf weiten weißen Hängen. Es ist warm, wir laufen, lachen, alles sehr leicht, Glück. Der Sohn nur im T-Shirt, wir Alten winterlich gekleidet.

Dann verschwindet die Sonne, auf einmal ist es sehr kalt, ein eiskalter Winterabend, Licht, die Straße tief verschneit, führt leicht bergab. Wir gehen dahin, wir gehen jetzt schon lange. Kein Auto, einmal vorbei an zwischen schneetragenden Bäumen versteckten Villen, deren Fenster alle dunkel sind – dann nichts als Schnee. Ich ziehe die dicke Windjacke aus, den Pullover und gebe ihn meinem Sohn, balanciere auf einem Bein, ziehe einen nach dem anderen meine Goiserer aus, ziehe die Wollsocken aus und reiche sie dem Sohn, der mit nackten Füßen durch den Schnee watet. Der Mann daneben eine stumme Gegenwart.

Ich sage, wir wissen nicht, wohin diese Straße führt, ob sie nicht irgendwo dort im Finsteren plötzlich endet, wir müssen umkehren, zurück zu den Häusern.

Ein Packen Zeitungen liegt auf der Straße, ich nehme dicke Papierstöße und stopfe sie mir unter die Windjacke, ich gebe sie auch meinem Sohn, der sie sich in die Socken stopft.

Der Weg zurück, ansteigend jetzt, ist unendlich mühselig. Wir sind alle so müde. Endlich die Häuserschatten im Schnee. Wir schaffen den Gartenweg zum ersten Haus mit letzter Kraft. Die Haustür ist versperrt, keiner rührt sich aufs Klopfen und unser schwaches Rufen.

Von da an weiß ich, dass ich wach bin, aber noch immer im Traum, den ich jetzt, schon halb bewusst, steuern kann.

In den eiskalten Zimmern kein Licht, aber Brennholz unterm Küchenherd. Wir heizen ein, finden nichts zu essen. Schwarzer Tee ist jedoch in einer Dose und viel Würfelzucker.

Wir trinken die heiße Brühe, dann sage ich, wir müssen jetzt schlafen, frühmorgens werden wir weitergehen.

Wir legen uns zu dritt in ein Bett, liegen steif nebeneinander, haben alle erreichbaren Decken über uns gehäuft – Wärme von außen, aber die Kälte kriecht aus meinen Knochen – ich weiß, dass die beiden anderen ebenso von innen heraus frieren.

Wir müssen trotzdem eingeschlafen sein. Wir werden geweckt, als im ersten Dämmern zwei Zornige als schwarze Schemen vorm Bett stehen – in meinem Traum jetzt hellwach, suche ich nach Erklärungen – da wache ich in meiner Wirklichkeit auf, noch immer mit der Angst um den geträumten Sohn, ob den eine Lungenentzündung befallen habe.

Merkwürdig, wie dieser fremdartige Traum noch in meinem hellwachen Zustand sich gegenwärtig hält.

Auf einmal erkenne ich klar die Möglichkeit, dass ich in der Gefangenschaft eines solchen Traums bleiben könnte, darin lebte und nicht mehr zurückfände. Die verschwimmenden Grenzen, die eine angsteinflößende Vorstellung sind und zugleich ein Versprechen.

◆

Heute zum ersten Mal die Erfahrung, dass mir die Sprache nicht gehorcht!

Ich erzähle von Bekannten, die ich bei den Festspielen traf. Wo? »In Salzburg«, möchte ich sagen, aber dieser Ortsname entgleitet mir wieder und wieder. In »Saalbach«, nein, nicht in »Sarningstein«. Ein Gefühl, als versuchte ich, auf schwankendem Boden (etwa in einem Boot?) einen vorbeigleitenden Griff zu erwischen, der vor mir hin- und herschwankt, sodass ich immer danebengreife. Endlich gelingt es mir, »Salzburg« hervorzustoßen.

Es bleibt ein Gefühl der Nausea, eine Art leichte Übelkeit und Schwindel.

Ich bin schon so isoliert von den anderen, dass ich mich für mein Versagen nicht schäme.

Wenn die Anstrengung des Hinzielens und Treffenwollens größer würde, müsste es eine Erleichterung sein, sich einfach treiben zu lassen und auf das »richtige« Wort zu verzichten. Und dann das erstbeste Ersatzwort leichthin auszusprechen.

◆

Mehr und mehr verschwimmen jetzt die Grenzen zwischen der gegenwärtigen Tatsächlichkeit und Geträumtem, Erinnertem oder Phantasiertem.

Warum soll ich nicht meine Mutter anrufen, von der ich gleichzeitig weiß, dass sie tot ist – seit 30 Jahren schon. Ich entgehe gerade noch der Versuchung, zum Hörer zu greifen und ein langes Gespräch mit ihr zu beginnen. Ich weiß ja, dass dies gefährlich wäre – dass ich nicht mehr zurückfände aus dieser belebteren vielräumigen Anderswelt.

Und jetzt ist es, als wäre ich dort in Südtirol, an diesem Pfingsttag mit seinem perlgrauen Regenflor, und vor mir im nassglänzenden Gras diese Bläue: Enziane. Unversehens sehe ich beim Fenster hinaus, der schwere Himmel, die vereisten Gartenwege, dieser Blick ins Handnahe muss sein, auch wenn ich schon im Anderswo lebe, wo gleichzeitig Enzian auf Bergwiesen blüht und das Meer in hohen Bora-Wellen anrauscht.

♦

Damals als Kind bei der Tante das Baden im dunkel fließenden Kamp.

Eine Holzstiege führte ins Wasser; wenn man auf die

modrigen Stufen trat, senkte sich die bewegliche Treppe unter dem Kindergewicht. Das Kind war jedoch noch so leicht, dass die Treppe zunächst nicht wusste, was tun. Wenn sie nachgab und sich langsam senkte, dann war für ein, zwei Sekunden ein Schweben und dann kam der Schock des brennend kalten Wassers.

♦

Ein messingfarbener Abendhimmel, die schwarzblauen Wolkeninseln.

Ich liege mit geschlossenen Augen und muss mir versichern, dass dieses Angeschaute kein Traum ist, auch keine mit Willen zusammengezauberte Phantasie, sondern dass ich hellwach bin und etwas bei geschlossenen Augen sehe, das einer neben mir dort draußen nicht sähe und das dennoch einer Wirklichkeit angehört.

Leise Beklemmung, ob ich aus dieser anderen Welt wieder heimfinden werde. Gleich darauf ist es, als wäre ich eingehüllt in blaue Wolltücher, die in Bäuschen um mich fallen, sehr geborgen, genug Luft, um leicht zu atmen.

Nach der Rückkehr ins Hier dennoch wieder das Beklemmungsgefühl. Ich bin ausgesetzt in einer fremden Welt, in der mir zwar Reaktionen auf ihre Eindrücke in

Form von Gefühlen möglich sind, jedoch alles ausgeschlossen ist, was Aktion meinerseits wäre: jede Art von Antwort aus eigener Kraft, wie etwa Fliehen, scheint unmöglich.

Ausgeliefert. Ich habe keine Möglichkeit zur Flucht.

Dieses Gefangensein ist an solchen »Zuständen« das eigentlich Verstörende. Und dass ich mich selbst verloren habe. Ich bin nicht mehr die, die unter allem Gestoßen- und Gebeuteltwerden immer noch ahnt, wer sie ist und was sie will, und die mit vielen Mitteln dieses dämmrige Wissen verteidigt.

◆

Ich sitze vor Notizzetteln, die ich in der letzten Nacht, im Bett auf den Polster gestützt, ohne Hilfe von Lupe und Brille hingekritzelt habe.

Die manchmal übereinander laufenden fahrigen Buchstaben sind unlesbar; aus einigen zu entziffernden kurzen Wörtern merke ich, dass es um eine wichtige Aussage geht, doch sie ist für mich verloren, endgültig verloren.

Das mir verlorene Terrain.

Das verlorengegangene Terrain wächst, noch aber habe ich Boden unter den Füßen.

◆

Das Sehen wird zusehends schlechter, weil trüber: Verschleierung der Welt.

Eine Eigenart der Macula-Erkrankung: wenn ich eine Landschaft, einen Gegenstand geradewegs fixiere, ist da nur ein ungefährer dunkler Fleck – und manchmal nur Schwärze.

Doch dann, im Wegsehen, erscheint in der äußersten Ecke des Sehfeldes plötzlich ein klares Bild, als sähe ich jetzt in eine Anderswelt hinein.

Erschütternd manchmal, wenn ich mit einem Fremden ins Gespräch komme, etwa einem neuen Gast, der mir jetzt am Kaffeetisch gegenübersitzt. Wir unterhalten uns angeregt schon eine Stunde, ich meine, den Fremden ein wenig zu kennen.

Dann ändert sich auf einmal das Licht – vielleicht scheint draußen die Sonne durch ein Wolkenloch – und gegenüber ist da plötzlich ein noch nie gesehenes Gesicht, und ich erschrecke, weil der schon Bekannte nun von Neuem ein Fremder ist.

◆

Sie hat sich eine neue Gehweise zugelegt, oder vielmehr wird ihr die aufgezwungen: Wenn sie nicht aufpasst, geht sie statt geradeaus in kleinen Schlangenlinien vor sich hin, von der rechten zur linken Straßenseite, dann wieder zurück. Dabei zieht sie der Drall stärker nach rechts, und der Schwenk nach links gleich darauf scheint eher wie der ihr unbewusste Korrekturversuch eines unbekannten Organs irgendwo tief innen in ihrem immer fremderen Körper.

Sie denkt, ich muss von Weitem mit meinem Schwanken und Schwenken wie eine Betrunkene aussehen oder wie eine einem Schwächeanfall Ausgesetzte, die nicht mehr Herrin über sich ist.

Sie versucht dann, die Füße breiter zu setzen, ihr ist, als gewänne sie dadurch an Stabilität, und die Hände faltet sie am Rücken, wie es nach alten Darstellungen auch Beethoven bei seinen Spaziergängen tat; doch scheint dieser Trick wenig zu helfen.

♦

Seit einigen Tagen sind auch in Reichweite liegende Namen und Daten oft fort, versunken.

So fiel mir neulich meine eigene Postleitzahl nicht und nicht ein. Dann hatte ich den Einfall, nach einem gestern erhaltenen Brief zu suchen, und als ich dann auf dem Umschlag meine Postleitzahl las, war sie mir zunächst völlig fremd, ich erkannte sie nicht als die meine wieder. Erst allmählich wurde sie mir wieder vertraut.

Wenn ich, sozusagen ohne hinzustarren, gleichsam von der Seite schielend nach solchen verlorenen Festpunkten suche, tauchen sie manchmal wie aus einem tiefen Wasser vor mir auf, sie »tauchen auf«, wie es die Redewendung ausdrückt.

Und sie scheinen dann nicht wirklich, sondern wie Spiegelungen im Wasser, sie dringen in einer Schieflage herauf, als läge etwas tief unter Wasser und würde wiedergegeben als eine gebrochene Anderswelt, die quer zu meiner hiesigen stünde. Sie sind dann hier, Wesen von einer anderen Seins-Art, bedrängend, ja unheimlich.

◆

Als ich gestern sehr spät und gut ausgeschlafen erwachte, stank das Zimmer, es war ein scheußlicher Geruch, nach alter Katzenpisse vielleicht, und dieser Gestank blieb um mich, als ich aufstand und ins Bad ging.

Da kam ich erst darauf, dass ich selbst es war, mein eigener Körper, der so grässlich, abstoßend stank.

Ich wusch mich und der Geruch verging und schien am Tag nicht wiederzukommen. Ich verstand, dass sich etwas in meinem Körper verändert hatte, vielleicht war ein neuer chemischer Prozess angesprungen: Verwesung?

Erst dann fielen mir die gelegentlichen Schmerzen im Oberbauch ein, und dass es vielleicht eine Krebsform war oder ein Nierenleiden, das einen solchen Eigengeruch auslöste.

Der Tag verging unter vielen Tätigkeiten und ohne ängstliche Gedanken.

♦

Keine Anzeichen mehr für die körperliche Veränderung, auf die jener grausige Eigengeruch hinzuweisen schien.

Immer wieder Abgleiten, dann unerwartete Aufschwünge. Man muss lernen, sie anzunehmen und sich nicht in die Erfahrung des Vergehens einzukrallen.

Die Leichtigkeit des Daseins bewahren. Und dem Urteilsspruch der Umgebung misstrauen. »In deinem Alter kannst du nicht mehr allein verreisen.« »Wenn man noch so viel arbeitet wie du, muss das zu chronischer Erschöpfung führen.«

◆

Ein Traum, der schon Wochen zurückliegt. Ich versuche, ihn unmittelbar nach dem Aufwachen auf dem Diktiergerät festzuhalten, jedoch auch diesmal lassen meine technischen Fähigkeiten mich im Stich: Gestern kam aus dem Apparat nur ein Rauschen.

Der Traum bestand aus drei scharf geschiedenen Akten, im ersten war ich Teilnehmerin an einem politischen Empfang: Durch einen kalkweißen Gang kam raschen Schritts eine lockere Gruppe massiger, in schwarzen Tuchanzügen steckender Männer, die irgendwie slawisch und nach Agenten oder Leibwächtern aussahen, breite Gesichter, stechender, schnell wandernder Blick aus schmal zusammengekniffenen Augen.

In ihrer Mitte der, um den es ging, von ähnlicher Statur, sein flaches Gesicht, teigig, ausdruckslos unter dem schwarzen Haar.

Die Wartenden des Empfangskomitees drängten in diese Gruppe hinein, versuchten, sich einen Weg zum Wichtigen zu bahnen. Zu ihnen gehörte ich, ich war jedoch einige Schritte zurückgetreten und sah ihren vergeblichen Versuchen zu.

Schnitt. Ich war jetzt mit dem Wichtigen allein, stand

Sind Sie interessiert?

Literaturverlag Droschl A-8043 Graz Stenggstraße 33 Tel: 0316/32-64-04 info@droschl.com www.droschl.cc

An den
Literaturverlag Droschl
Stenggstraße 33

A-8043 Graz

ihm gegenüber. Wir sahen einander ins Gesicht, er noch immer ohne Ausdruck, unbeteiligt. Und das sollte der Mann mit der besonderen Macht sein!

Dann bemerkte ich in seinen Augen etwas Anderes – eine gesammelte Kraft, neutral, nicht vernichtend, nicht schenkend, auch nicht zu bezwingen. Diese Macht hatte nichts mit mir zu tun und umgab mein Ich dennoch von allen Seiten.

Neuer Schnitt. Jetzt liege ich, wohl in meinem Bett, auf dem Rücken, vor mir eine weiße Fläche wie eine Kino-Leinwand, auf der von unten schwarze Zeichen hochsteigen und dastehen: eine Reihe von vier oder fünf hochgestellten Rechtecken. Ich fasse eines davon genau ins Auge, es erweist sich als eine wie mit einem Tusche-Pinsel gezeichnete Strich-Kombination. Manche der Linien sind in zwei Bahnen geteilt, wie ich das auch von japanischen Kalligraphien kenne. Der rechte Hochstrich lässt vor der oberen Ecke aus, sodass dort eine Lücke in der geschlossenen Form des Rechtecks erscheint, und im Hinsehen befriedigt mich diese Öffnung sehr. Das Rechteck steht eine ganze Weile unbeweglich und fest vor mir.

Jetzt ist die Leinwand wieder weiß, da erscheint ein neues Zeichen: eine stark gezogene Waagrechte, von der aus lotrechte Striche von verschiedener Länge hinunterfallen. »Regen« kommt mir zuerst, dann »Kamm«, dann »Rechen«.

Trotz seiner Einfachheit scheint dieses Zeichen fremder als das Viereck.

Ich erwache mit dem Bewusstsein der Anwesenheit vor allem des ersten Zeichens. Der »Regen« ist ein wenig in den Hintergrund getreten, bis mir nach einigen Tagen bei einer zufälligen Bewegung vorm Badezimmer-Spiegel mein Handrücken ins Auge fällt, der gerade mit gespreizten Fingern nach unten weist. Jetzt steht das Regen-Zeichen in einer Verbindung mit »Hand« und Geben und Schenken von oben her.

In der auf den Traum folgenden Zeit beginne ich, ohne nachzudenken, das Zeichen des Vierecks samt seiner kleinen Lücke zu benützen, indem ich etwa seine Linien wie einen schützenden Mantel um meinen Körper zeichne oder meine Hautwunden Stelle für Stelle damit zum Abheilen zu ermuntern suche.

Das Regen-Zeichen jedoch gebrauche ich nicht auf diese Weise, denn es steht für etwas, das an mir zu geschehen hat. Doch wird gerade dieses Zeichen wichtig, seit ich an meiner Buddha-Statue die rechte Hand der Figur bewusst wahrnahm, die mit nach unten weisender Handfläche den Sitzpolster berührt, in einer Mudra, deren Übersetzung etwa hieße »In den Himmeln und hier auf der Erde bin ich der, der alles ist«.

Ich bin in meinem langen Leben immer wieder auf Zeichen gestoßen: wenn ich über die australischen Aborigines las, in verschiedenen Indianerkulturen, bei afrikanischen Tätowierungen, ich habe solche Symbole zur Kenntnis genommen, immer mit dem Gefühl, dass diese Art des Hinweisens oder gar Herbeiholens mit mir nichts zu tun habe.

Vielleicht bin ich da in etwas Neues hineingeraten, das mich aber nicht zu bedrängen scheint, nicht so, als müsste ich jetzt mit allen noch vorhandenen Kräften diesem versteckten Hinweis folgen. Allerdings werde ich aufmerksam bleiben.

◆

Ich ordne mit meinem Vorleser alte Aufzeichnungen. Beim Korrigieren eines Protokolls falle ich zurück in einen Traum, den ich damals so intensiv geträumt hatte.

Ich tauche unter in diese andere Welt, es ist, als käme ich im »wirklichen Leben« zurück an einen altbekannten Ort, den Bezirk / die Stadt meiner Kindheit etwa, ein oft besuchtes Feriendorf, und ich folge dem Weg den Bach entlang und weiß jetzt schon, dass mich hinter der Biegung die Waldlichtung erwartet. Ein Zuhausesein.

Die taoistische Fabel: »Wenn du träumst, du seiest ein Schmetterling, und dasselbe wieder und wieder träumst, wie weißt du dann, ob du ein Mensch bist, der träumt, ein Schmetterling zu sein – oder ein Schmetterling, der sich als Mensch träumt?«

Und ich fühle jetzt das heimliche Gewicht meiner Träume wie meinen eigenen unter der Wasserfläche verborgenen Unterleib.

Das Sichtbarwerden des verborgenen Traumkörpers macht keine Angst, es verändert aber nicht nur die Farbe, sondern die Materialität, oder sagen wir besser: die Stofflichkeit dieser berührbaren Hier-Welt.

◆

Etwas in meinem Leben hat sich von seinen Grundfesten her verschoben. Zwar sind die äußeren Bedingtheiten gleich geblieben: mein Haus, der Garten, meine Arbeit, meine Freunde, meine Beschäftigungen, meine Gewohnheiten. Und doch ist es, als lebte ich unter anderen Gestirnen. Oder haben Sonne, Mond und Sterne ihre Nähe und damit ihre Strahlkraft geändert? Sie wirken stärker auf mich ein, bis zur Gefahr der Auslöschung.

Ich habe meine Gelassenheit verloren, bin ausgeliefert, ich werde überschwemmt von Gefühlsströmen, für die ich keine Namen habe. Ich kenne mich nicht aus in diesem Neuen.

Dann klammere ich mich fest an meine Lebensgeschichte, an das, was sicher einmal war und was ich gewesen bin. Ich erzähle sie mir abschnittsweise wieder und wieder und wieder, so gibt es mich also noch.

Ich ziehe mich mehr und mehr zurück, auch von den wenigen Freunden, die mir noch geblieben sind, sie haben dort, wo ich jetzt bin, keinen Platz, sind ferne Anwesenheiten. Noch sind die Kinder und Enkel da.

Ich wende keinen Blick zu den Sternen, als könnte schon mein Hinüberschauen, mein Fragen, mein Verlangen ihre Wirkmächtigkeit trüben. Ich weiß, von ihnen her wird das Neue kommen.

◆

Mein Sohn fragt, warum ich meinen kommenden Urlaub in einem Kloster verbringen wolle. »Es ist Zeit, mich auf meinen Tod einzustimmen«, antworte ich, und die Abgeschiedenheit eines Klosters scheint mir ein geeigneter Ort dazu.

»Liebe Mutter, du hast einige Verspätung bei deinen Vorbereitungen«, sagt mein Sohn, »die Lebenserwartung der Frauen liegt heute bei 82 Jahren, und du bist 90.«

◆

Die Reisepläne des Sohnes:

Uganda bald, Apulien, Küste und Meer, im Herbst. Fast hätte ich gefragt: »Nehmt ihr mich mit ans Meer?«, aber diese Zeiten sind vorbei.

◆

»Mariniert« – »manieriert« – »massakriert«?
Er hat sich »entleibt« – »Laib«?
Im Wörterdschungel verlaufen.

◆

Was mir so zustößt:

Mein Handy läutet, irgendwo, ich laufe durch die Zimmer, in die Küche, ins Bad, das Handy läutet und hört dann auf – und jetzt schon wieder der Klingelton irgendwo her, ich suche nun im Stiegenhaus, renne zurück, an den Arbeitsplatz, suche im Bücherregal, zwischen den Mappen am Tisch, dann wieder Stille – und plötzlich wieder das schrille Geklingel. Ich kann nicht unterscheiden, woher die Töne kommen, Einer sucht mich, will mich dringend sprechen, ich bin da und doch nicht erreichbar, als läge ich schon im Koma.

Eine Stunde darauf entdecke ich das Handy zufällig in meiner Manteltasche.

◆

Erstaunlich: Wenn ich auf das *Grenzland*-Buch angesprochen werde, werden mir einzelne Abschnitte immer wieder als eindrucksvoll beschrieben, und immer andere, jedoch nie das Kapitel »Vom Anderen«, und doch ist gerade dieses das heimliche Herzstück des Ganzen, verborgen wie unser Menschenherz und nur in seinen Auswirkungen spürbar, im fühlbaren Pulsschlag, im Herzkribbeln, im Herzschmerz.

Es gäbe so viele Namen dafür, schön sind die unbestimmten: Das Jenseitige, das Innerste. Dieses »Andere« ist nicht allein das Geistige, sondern das sich Verkörpernde bis hinein in das Stinkende, Abscheuliche – aber davon ahne ich mehr, als ich es verstehe.

»Es« ist fast greifbar da, im gregorianischen Singen und in den Gongschlägen der Zen-Klöster, selbst wenn Kardinäle in ihrem rot-goldenen Prunk unter Orgeldröhnen in die Kathedrale einziehen, glaube ich es zu spüren.

Die Ungreifbarkeit, Unfasslichkeit dessen, was mein Leben bestimmt und woraus ich lebe, mache ich mir immer bewusster, in immer absichtsvollerer Hinwendung, ohne darüber zu sprechen.

Die Ahnung, als ginge ich einem neuen Aufglänzen, der nahen Gegenwart dieses Anderen, Schritt für Schritt entgegen, und als hätte die Bewegung dorthin kein Ende, auch nicht mit meinem Tod.

Das neue Glück dieser Tage, das zugleich mit dem Gefühl eines mein Leben bedrohenden Ausgesetztseins aufs Engste verbunden ist.

Etwas ist jetzt neu: Ein von einem unbekannten Zentrum her klar bestimmtes Handeln, wobei es gleichgültig ist, ob der nächste Schritt mir nun angenehm scheint oder nicht.

Vielleicht kennen viel Jüngere diese Lebensausrichtung

und folgen ihr, und ich bin auch in diesem Punkt eine, die erst sehr spät lernt.

Das Glück, so lange auf der Welt sein zu dürfen, wie es mir geschenkt wurde, sodass der Weg sich endlich abzeichnet.

◆

Die ungeborenen Möglichkeiten auch innerhalb eines langen Lebens zeigen sich als Schattenbilder.

Etwa die einer lesbischen, das Leben vertiefenden Beziehung.

Kein Schmerz um das Ungelebte, es fügt ja auch dem, was gelebt wird, sein dunkles Gewicht hinzu.

Dass ich gebend, begütigend sein kann, auch wenn ich selbst von Selbstzweifeln und Ängsten zerfressen bin.

Mein Lachen steckt die daneben zu heiterer Beschwingtheit an.

◆

Die unglaubliche Hässlichkeit des Alters. Ekelerregend die verkrüppelten, schwieligen Füße, eine Karikatur meiner selbst: der neue Watschelgang.

Im geschrumpften Kiefer an wenigen Wurzeln die noch verbliebenen, hängenden, lockeren, graugelben Zähne.

Ich schneide mir das Frühstücksbrot in kleine Happen und erwarte jeden Tag eine neue körperliche Katastrophe.

Die Selbstverständlichkeit der Gebete, die während des Tages immer wieder hochsteigen.

Versicherungen meines Beheimatetseins, die den Lieben drüben im Irgendwo zwischen der gesammelten Kraft meiner ihn haltenden Hände umgeben und ihn dann mit einer sanften Bewegung hinausschieben in sein eigenes Leben.

Und ich bleibe hier zurück.

Die heimliche Ungeduld meiner Nächsten, wenn sie mich nach meinen augenblicklichen Bedürfnissen fragen. Sie sitzen dicht neben mir und lesen mir einen unangenehmen juristischen Brief vor, und wenn sie nach einem Absatz pausieren, damit wir beide nachdenken können, schweifen ihre Augen ab und schauen irgendwohin, wo ich nicht hinsehe und sie dort drüben bei sich sein können.

◆

Dieser Irrsinn, an einen wildfremden Ort in die Ferien zu fahren, wo ich mir die dortigen Lebensumstände nicht vorstellen kann – ich weiß doch, wie gering der Spielraum ist, in dem mir halbwegs gesund weiterzuleben überhaupt möglich ist.

Wird es dort auf dem Weg vom Bett ins Bad mir nicht sichtbare, nicht fühlbare Hindernisse geben, über die ich stolpern werde?

Wird das Zimmer so warm sein, wie ich es jetzt brauche?

Werde ich mich im Freien wenigstens im kleinsten Umkreis bewegen können?

Ein Bauernhof im Salzburgischen ist jetzt wie der Amazonas-Dschungel.

Ja, ich werde dorthin fahren, auch wenn ich immer noch heimlich hoffe, dass mich vorher die gerade grassierende Grippe erwischt.

♦

Helle Sekundenträume, während ich, in meinem Lehnstuhl sitzend, zur Erholung meine Augen kurz geschlossen habe. Silberne Perlen, wie meine schön getriebenen afrikanischen, jedoch die sind jetzt zur Kürbisgröße gewachsen, die Rillen und Kerbungen als Relief, sie steigen wie Ballons hoch und schweben im Blauen, spielen mit dem Lufthauch. Jetzt, jäh: auch meine Teekanne hoch in der Luft, die Zuckerdose, handnah. Die Silberglobben schweben noch immer dahin, jetzt verlassen sie mein Sehfeld.

Ich bin wieder da, in der Veranda, und vorm Fenster liegt noch immer der erdbraune Vorfrühlingsgarten.

◆

Noch immer habe ich keine Bezeichnung gefunden, um von dem zu sprechen, was am Grund meiner Person wartet. Ich kann mir dazu Namen ausborgen wie Gott oder Es oder Buddha oder Das Andere, wie ich es schon einmal in einem Text umschrieb. Ich kann es mit »Du« anreden, wie die Psalmen es halten, oder mit »Ich«, wobei dieses Ich ein anderes ist als mein hiesiges und tief ins Unendliche reicht.

Ich weiß nicht, ob ich dieses Andere überhaupt ansprechen will. Es genügt vielmehr, sich in seine Anwesenheit hineinzubegeben, und wenn ich später mit den Tagesläufen mitschwinge, glaube ich zu wissen, dass ich noch immer in dieser Offenheit bin.

Starkes Körpergefühl im Bauchraum, nachdem ich das geschrieben habe: eine helle Wärme, die lange bleibt.

◆

Spaziergang durch die Winterlandschaft am Manhartsberg. Schließlich der Waldweg: Rechts und links steht jede der Tannen in Schnee-Schleiern von oben bis unten. Auf einmal eisige Kälte vom vereisten Weg herauf, von den zueinander drängenden Baumwänden her; der Spalt blassblauen Vorfrühlingshimmels dort oben kommt nicht dagegen an.

Umkehren, zurück in ein Frühlingsvorgefühl, das das erwartungsvolle Auf und Ab der Hügelwellen vermittelt.

◆

Beliebigkeit, wo es ins Sprachland geht.

Ich kann lange grübeln über den Gebrauch der Vorsilbe »ver«: verraten, verhöhnen, versinken, versprechen, verlassen. Das »ver« scheint eine größere Aktionszone zu bezeichnen, vielleicht weist es auch in eine Tiefe.

Das ist würdig, befragt zu werden, da es nicht beliebig erscheint. Und dann das »zer« zum «ver«:

Zerreißen, zerbrechen, zerquetschen.

Diese Wörter ergeben ein Bild. Wie ist es mit »zerspringen«?

Es könnte später einmal sein, dass man solche Bilder nicht mehr zu gebrauchen wagt, weil sie so starke Vorstellungen mittragen.

Das »man« hier bezieht sich natürlich auf mich als noch Ältere, Ausgesetzte.

Vorsicht, Vorsicht, wenn du nach Wörtern greifst! Sie fangen dich ein und du findest dich anderswo, als du sein willst: Dann sitzt du in der Falle.

Da gibt es einen Ausweg: in Codes reden, die dich selber lachen machen, ein lustiges Spiel, das nur du durchschaust – für die anderen nahe am Irrsinn.

◆

Das Schreiben, ja schon das Sprechen zu anderen erteilt Daseinsermächtigung. Die Alternative ist, sich dem willkürlichen Sprechen oder Schreiben zu versagen und das Schweigen anzunehmen und damit in den Abgrund des Nichtseins zu tauchen.

Nun ja, und noch später die Briefe aus dem Grab. Das

bringt bewundernde Rührung von vielen Seiten und einen Ordensstern für konsequente Tapferkeit.

♦

Fülle der andrängenden Ereignisse: Meine Vergangenheit, Schlag auf Schlag, steht wieder auf. Ich bin wehrlos unter ihren Schlägen, als hätte ich alles, was einmal um mich, an mir geschah, nicht schon lange durchlebt, ausgelitten, überwunden, als wäre ich nicht damals immer wieder in die Höhe gekommen und, wenn auch mit Blessuren, weitergegangen. Als gäbe es die Orte der Windstille nicht mehr, die mir immer Zuflucht geboten hatten.

♦

Die Dinge stehen starr, das Bett, der Stuhl, das Büchergestell drüben, ein jedes eingesperrt in einem durchsichtigen Panzer aus Eisluft.

♦

Das Kind hatte gesiegt, es hat in seinem Trotz verharrt, hat nicht nachgegeben. Jetzt ist es allein, die anderen alle fort zu den Freunden am See. Zur Wasserrutsche, zum Paddelboot, das durch raschelndes Schilf gleitet.

Das Kind sitzt im eisernen Zimmer und schaut.

♦

Seit Monaten suche ich nach jenem Wort, mit dem das Alte Testament und dessen christliche Weiterführung den Ort oder vielmehr den Zustand bezeichnen, den die uns geläufigen Übersetzungen als »Vorhölle« wiedergeben. Der Ort, der wohl im Inneren der Erde liegt, beherbergt die Menschen, die vor der Erlösungstat Christi gestorben sind, und die ungetauft verstorbenen Säuglinge.

Ich selbst habe dieses mir verlorene Wort – ein Fremdwort, das gerade noch in Reichweite altmodischer Bildungsbürger liegt – selber manchmal gebraucht, um einen Gemüts-, nein eher einen Geisteszustand zu beschreiben, der jenseits aller Bewertungen, ja jenseits aller Eigenschaftszuschreibungen liegt, einen Zustand der puren Neutralität, des blanken Nichts.

Nach diesem Wort fahnde ich immer noch, ich möchte es wiederfinden und könnte nicht sagen, warum.

♦

Besuch des studierenden Enkels von weither. Er ist ganz zuhause hier und bringt den ganzen Packen seiner unruhigen Tage von dort drüben mit.

Er erzählt und erzählt; er ist in diesem Lebensabschnitt, wo die Lebenswege nach allen Richtungen sich öffnen und zum ersten Mal auch die Möglichkeit von Sackgassen oder gar Abstürzen dämmert. Er breitet den Wust von Erlebnissen, Ahnungen, Fragen, Visionen vor mir aus, ich versuche mit leiser Hand ein wenig Ordnung in dieses Fädengewirr zu bringen.

Wie immer ist er aufmerksam und hilfsbereit, und er ist derjenige, der nach meinen Erfahrungen fragt, auch nach meinen intellektuellen, sie scheinen ihm brauchbar zu sein. Das erfreut einen alten Menschen natürlich.

Als er wieder abfährt, bin ich glücklich und erschöpft.

♦

Die praktischen Aufgaben nehmen kein Ende. Ein Nachbar hat vor zehn Jahren schlampig gebaut, seine Hauswand und die angrenzende Gartenmauer weisen Risse auf und müssen in voller Länge, auch von meiner Gartenseite aus, repariert werden. Mein schöner September-Dschungel voller Strauchriesen und rot blühendem Knöterich, voller Dahlien, Salbei und Sonnenhut wird zur Wüste werden.

Die täglichen Notwendigkeiten scheinen statt weniger immer mehr zu werden: Immer wieder ist irgendwo im Haus eine kleine Reparatur fällig, ein Elektrogerät gibt den Geist auf, der Lehnsessel ist zu überziehen, ich muss mir neue Bettwäsche besorgen, Amtspersonen wollen Auskünfte.

Und jeden Tag besteht meine gerade abgearbeitete Telefonliste wieder aus einem halben Dutzend neuer Nummern.

Ich weiß trotz vielen Grübelns noch immer nicht, wie ich mit dieser mir über den Kopf wachsenden Situation umgehen soll. Dem Problem, über das alte Freunde immer geklagt haben, begegne ich nun bei mir selber wieder: Meine Kinder sind zu helfen bereit, ihr Leben ist jedoch so randvoll, dass nur in Notfällen eine Übernahme auch meiner Aufgaben auf längere Dauer möglich ist. Das ist leider eine Tatsache. Nähme ich ihre Hilfe an, stießen sich die Dinge im Raum, und die Situation eines jeden Beteiligten, des Helfers wie auch derjenigen, der geholfen wird, würde unerträglich eng werden.

Ich verstehe jetzt, dass der so oft geäußerte Wunsch »vielleicht habe ich das Glück eines Sekundentods« nicht nur selbstsüchtig ist, sondern auch das Wohl der Nächsten mitbedenkt.

◆

Es ist merkwürdig: Ich habe mir vorgenommen, die Stationen meiner Expedition (der unfreiwilligen) ins Altenland aufzuzeichnen, und dabei geht es mir ums Hinschauen, ums Erkennen; jetzt erscheint es jedoch wichtig, auch über die Umstände dieser Reise zu reden, denn diese Umstände werden mir wohl das freie Hinschauen mehr und mehr verbieten.

◆

Ein Paar, das nach seiner Rückkehr von weither die alte Mutter besucht. Ein entspannter Mittag, doch tritt zumindest der alten Mutter das geradezu materielle Gewicht von Greisen scharf ins Bewusstsein. Sie sind für die anderen eine Last, und das wissen sie.

◆

Nach allen diesen Spätwinterwochen – wir alle waren niedergehalten wie von einem lebenslänglich geltenden Urteilsspruch – heute der erste helle Tag.

Dass die Sonne uns anscheint, können unsere Augen nicht glauben, sie wollen sich vor der Blendung schließen, aber schon dehnt sich der Körper in der ihn umfließenden Wärme.

◆

Als ob jemand durch eine menschenleere Gasse streicht, in der er einmal zuhause war. Damals war die Gasse belebt und die Vorübergehenden grüßten und nannten ihn beim Namen. Und er konnte an manche Türen klopfen, wurde eingelassen, saß zwischen Vertrauten und kannte die Fotografien an der Wand.

Heute geht er an den bekannten Türen vorbei, dahinter wartet keiner auf ihn.

◆

Geräusch fällt ein: Stampfen. Nahe, bedrohlich, von außen eindringend, oder will es aus meinem Inneren eine Geschoßbahn ins Draußen schlagen?

Jetzt zu erkennen: ein startendes schweres Motorrad

unterm Fenster. Verschwimmende Körperbegrenzung, Außen und Innen nicht mehr zu unterscheiden.

♦

Wenn ich jetzt Musik höre, ist es, als wäre sie eben erst aus mir geboren: ein Segensgeschenk im Vergehen.

♦

Das lange Gespräch mit D. über die schweren Zeiten in tiefer Depression.

Er: Was bleibe, sei die Erkenntnis, dass auch das an einem Ich geschehe. Und dieses Ich sei die erste bewusste Erfahrung des Kleinkindes.

Zuerst sei also Ich und daraus dann die Erfahrung des Du.

Ich setze dagegen, dass davor ein anderes Erfahren, freilich kein bewusstes, sei. Nämlich das Erleben eines Berührtwerdens, sei es nun als wohltuend empfunden oder als schmerzhaft. Berührt werden – und sich gleich einverleiben wollen: im Saugen, Fressen, Hingreifen, Halten.

Ich merke natürlich, dass D. von Ich-Du aus zu seiner ihm so zugehörigen Gotteserfahrung kommt, die eine Person, ein Du meint. Zu meinem eigenen Erstaunen stelle ich fest, dass das, was die mir zugängliche quasi »religiöse« Erfahrung ist, in diesem frühen, vorbewussten Bereich zuhause ist, wo das Fühlen des Körpers mit einer Art Sensitivität der Seele (des Geistes?) eng verbunden ist.

Ich sage das, weil es mir so in den Sinn kommt, und kann dabei nicht abschätzen, was dieses so Hingesagte meint und wohin es führt, wenn man eindringlicher darüber nachdenkt.

Mir dämmert, dass bei allen meinen Beziehungen diese Säuglingsebene des Berührtwerdens und Berührens, des Fressen-Wollens oder Verschlungenwerdens eine geheime Rolle spielte. Ich meine auch, in Liebesbeziehungen sei diese sprachlose Vereinigung über das Ich-Du hinaus die tiefste Schicht, in der das mit-gefühlte Ich-Du sich einbettet und dann versinkt. Wenn ich jünger wäre, würde ich jetzt nachfragen, ob es das ist, was Freud mit seiner oralen Entwicklungsstufe gemeint hatte. Heute ist für mich ein solcher Orientierungsversuch unnötiger Luxus. Ich bin als Robinson auf meine eigenen Mittel auch im Welt-Erkennen immer mehr zurückgeworfen.

◆

»Meine Unsterblichkeit bringt mich um«, sagte der todkranke Schlingensief.

Ich könnte nicht erklären, was dieser Satz meint, aber es ist mir ganz klar, dass diese Aussage haarscharf übereinstimmt mit dem, was ist.

♦

Eine neue Sicht auf die Welt rundherum, die ich jetzt also in ihrem Gewicht, in ihrer eigenen Gegenwart wahrnehme, in ihrer Seinshaftigkeit, möchte ich hochtrabend sagen. Die Dinge sind nicht mehr meine Umgebung, nicht mehr meine Mitspieler, nicht mehr Kulisse für mich und meine Bewegungen, und weil sie jetzt so in sich sind und aus sich leben, stehen sie in ihrer vollen Gegenwärtigkeit da, mit ihrem eigenen Gewicht, in den ihnen je eigenen Farben. Die neue Eigenbedeutung des Anderen, der Anderen, sie ist etwas noch nie Gesehenes. Manchmal, nein, oft wirkt das Gegenüberstehende so auf mich, als ginge ich in meinem alten Körper nur wie ein Gespenst umher: Ich selbst bin jetzt in eine andere Seinsweise versetzt, das ist es!

Ein anderes Gefühl für die Menschen, nächste und gerade gesehene, kündigt sich gleichzeitig an: Ich sehe sie jetzt nicht in ihrer Beziehung zu mir, messe sie nicht mit meinen Maßstäben, ich erkenne sie gleichsam von ihren eigenen Wurzeln her, in ihrer je eigenen Besonderheit. Ich bin eben nicht mehr Mitspielerin.

Ich bin aus der Welt geglitten. Nein, ich bewohne sie auf eine neue Weise. Vielleicht ist diese altersbedingte Wandlung nur der neue Zugang zu einer Ur-Erfahrung.

◆

Es verstärkt sich nun die Vorstellung, dass andere Wesen, unsichtbare Wesen, diese unsere Erde mitbewohnen: Engel, diese vielgestaltigen, gestaltlosen, uralter Traditionen. Gewiss nicht unsere Schutzengelchen. Wie würden wohl diese Unsichtbaren unsere Erde sehen?

Und die romanischen Engel, die dieses abgewandt sehende, leise Lächeln des Buddha tragen?

◆

Ich sehe schon: Diese Art von Aufzeichnungen, die ich jetzt hinschreibe, eignen sich nicht zur Veröffentlichung als »Erkundungen II«.

Ich bleibe jedoch weiter auf dieser neuen Spur.

♦

Ich weiß natürlich, wer ich bin und was ich kann, freilich aus geschenkter Kraft.

Aber es bleibt ein Mangelgefühl, eine noch ungelöste Lebensaufgabe, zu der mir der Zugang verwehrt ist. Und doch genügt es, dass ich mit meiner Enkelin hinüber auf einen anderen Kontinent telefoniere und wir beide aufatmen, weil wir uns wieder ganz nahe sind, es genügt, dass ich mich mit der Gartenfrau über das Setzen der Dahlienknollen berate; das Leben hier ist reich und sehr schön.

♦

Nie noch erlebte ich so viele Glücksmomente wie jetzt in meinen allerletzten Lebensjahren.

Es genügt, auf der Gartenbank zu rasten und den weißen Wolken zuzusehen.

Dann denke ich, ich bin eine Lügnerin, wenn ich mich an die Tragik dieses Lebens erinnere, an auswegloses Leiden, das das Bewusstsein tötet, an die Schluchten von Verzweiflung, aus denen die Seele keinen Ausweg findet.

Auf der weißen Bank ist es jetzt, als sei für uns alle das Glück bestimmt, vielleicht auch nur das Wohlsein, und am Grund unseres Leidens wäre die Ahnung, dass uns das Glücklichsein zustünde und uns etwas vorenthalten wird, worauf wir ein Erbrecht haben.

Die glücklichen Tiere, weil sie in ihrem Dasein fraglos zuhause sind.

♦

Verweigerung als Selbstvergewisserung: »Ich lasse mich von euch nicht einfangen. Ich gebe mich nicht her.« Das ist mein Schutz und gleichzeitig meine Gefahr.

♦

Erst jetzt, da mein Leben sich als einfach oder ein-fältig und gleichzeitig als harmonisch erweist, stellen sich mir manche so genannte »große« Fragen sehr direkt wieder. Etwa die nach auferlegtem Schicksal und persönlicher Schuld.

Der Blick auf die griechische Tragödie mit ihrem Doppelstrang von Verantwortung und Schuld und schicksalhaftem Aufgegebensein ist dabei durchaus hilfreich.

◆

Ein Maiglöckchenstrauß in einem Silberbecher. Der Mai-
glöckchenduft durchzieht alle Räume.

◆

Dass sich das Lastende meldet, das den Atem Abwür-
gende. Jetzt zeigt sich, dass dem unter seinen Bedrängnis-
sen oder unter seiner Schuld in Unfähigkeit Gefangenen
von Neuem ein wirkungsstarkes Leben in der ihm unversehens zugewachsenen jeweiligen Fülle neu möglich ist.
Von außen betrachtet kann eine solche Wende Schicksals-
schläge wie eine schwere Krankheit, ja selbst den Tod hinter sich gelassen haben. Ich denke an L.'s letzte Tage, als
sie sich, an ihrer Krebskrankheit sterbend, ganz und gar
geheilt fühlte. Vielleicht war dies keine mildtätige letzte
Illusion, sondern Tatsache.

Ich liebe die Dichter und Maler, weil sie die Geheimnisse unbefingert stehen lassen und nur darauf hinzeigen.

◆

Damals, als ich schon seit einiger Zeit Prosa-Texte schrieb, kam beim Wiederlesen der Eindruck, ich hätte unbewusst einen fremden Text abgeschrieben, ich hätte einen anderen Autor bestohlen. Dieser starke Eindruck entstand, weil das Gelesene so abgerundet und geschlossen dastand, als ob es schon vorher aus einem anderen Munde genauso geklungen hätte. Als wäre das von mir Niedergeschriebene schon lange vorher da gewesen. Das war vielleicht auch der Fall. Meine Sätze waren schon da, noch ehe ein anderer oder ich nach ihnen gegriffen hatte.

Diese Tatsache, die sehr geheimnisvoll ist, wagte ich lange nicht zu glauben.

Sie schiebt das von mir Gemachte weg von meiner Person als seiner Urheberin. Meine Leistung ist nur die unbedingte Treue im Wiedergeben.

◆

In den Seitenfenstern des Autos die schlanken Stämme der Fichten die Straße entlang in immer neuen Gruppierungen: Buchstaben einer Hieroglyphen-Schrift, und lesbar.

◆

Es bleibt nichts mehr zu sagen. Auch nicht, wenn ich lange vor mich hinspreche.

♦

Die Frage eines Journalisten nach meinem Verhältnis zum Erinnern.

Beim Nach-Denken fällt mir auf, dass meine Erinnerungen deutlich als Bilder oder Szenen mir gegenüber stehen, so, als wären sie von meiner Person getrennt. Und dann der Versuch, aus diesem irgendwo, irgendwann Geschehenen, Gesehenen mein eigenes Eigentum zu machen, indem ich wieder und wieder von ihm als dem Meinigen erzähle.

♦

Gestern besuchte ich die Nachbarin; ihre Gelenksschmerzen, die sie keinen Augenblick auslassen, weder bei Tag noch bei Nacht.

Wie es ist, wenn einer von seinen Schmerzen beherrscht wird. Ich selbst kenne das ja nur in manchen Stunden und selten über ganze Tage.

Wie die Nachbarin ihre Behinderung vergisst, wenn

ihre Katze schmeichelnd um ihre Beine streicht, wie sie sich unversehens bückt, um den Katzenfressnapf aus dem Kasterl zu holen, sich nach dem Regal streckt und das Katzenfutter geschickt umleert. Jetzt war sie für Augenblicke jenseits der sie beherrschenden Schmerzen, und gleich darauf fällt sie in sich zusammen und kriecht zurück in ihren Lehnsessel.

◆

Zu mir im Fond des Autos kommt das leise Gespräch von Sohn und Schwiegertochter vor mir, das Summen des Motors als Barriere, in meinem kleinen umfriedeten Innenraum singe ich leise vor mich hin, eine Melodie geht in die andere über.

Und jetzt diese jäh hochsteigende Erinnerung:

Eben dieser Sohn, der da vorne sitzt und aufmerksam in den Regen vor der Autoscheibe schaut, saß damals als kleiner Bub hinter uns im Wagen, er trällerte und summte vor sich hin und erzählte dem Karli, seinem abwesenden, schmerzlich vermissten Kindergartenfreund, seine Stallabenteuer und führte mit ihm lange Unterhaltungen.

Und jetzt ich.

◆

Ein Sonnentag wie aus Kinderzeiten erinnert oder wie einmal geträumt:

Langsam dahinziehende Wolken in der blauen Tiefe, der leise rauschende Fluss zwischen den Laubhügeln der begleitenden Bäume: laubgrün, smaragdgrün, und noch ein anderes Grün. Bläuliche Schmetterlinge, winzig auf dem Graspfad, träge flattern sie vor meinen Schuhen auf. Beredtes Schweigen in der windlosen Luft, es schweigt auch in mir, und so gehe ich dahin.

◆

Der Weg hinauf zum Schlossberg, den ich nicht gehe, der braune Fluss, in dem ich nicht schwimme. Der Sonnenfleck, den ich jetzt meide.

Unbetretbar das früher Nahe. Jenseits ich. Aber wo?

◆

Auf einmal ist der Altenwunsch auch bei ihr da, das dunkle unbekannte Gegenüber mit »Gott« anzureden, ohne die Erwartung einer Antwort, aber doch mit der Zuversicht auf ein Gehört-, Gesehenwerden in einer anderen, unsereinem unvorstellbaren Sphäre. Sie könnte nicht sagen, woher diese neue Zuversicht, von drüben her wahrgenommen zu werden, ihr plötzlich zugewachsen ist.

Als dürfte sie unbeirrbar ihre Worte ins scheinbar Leere schicken, als dürfte sie ihre Wege gehen, sicher wie die Ameisen, für die der Menschenfuß im Grasdschungel nichts ist als ein plötzliches Erdbeben, das die Erde unter den schwarzen Zwergenkörpern beben lässt. Als lebten Menschen wie Ameisen in einem geheimen Ordnungsgefüge, dessen Wesen sie niemals durchschauen werden.

◆

Als fehlte etwas Entscheidendes in meinem Leben, als wäre eine Frage offen, die noch immer – oder erst jetzt – auf eine Antwort drängt. Oder als wäre ein Krater dort, wo blühendes Leben sein sollte.

Es ist da ein unterirdisch wirkendes Mangelbewusstsein, das vor etwa einem Jahr an die Oberfläche durchstieß. Doch habe ich auch unverdientes Glück: Noch sind die Kraft und die Courage da, um ohne Druck oder Zwang gelassen nach Antworten zu suchen.

Und jetzt auf einmal diese ungerichtete, nagende Wut,

die sich festfrisst an banalen Allerweltstatsachen – wogegen oder gegen wen ist sie gerichtet?

Und was meint diese ausweglose Trauer, dieses Dahindämmern in einer dumpfen Höhle, durch deren Spalten erstickende Nebelschwaden dringen?

Dort will ich nicht sein.

♦

Aus dem Toten Meer zurückgeworfen, aufgeschunden von den spitzen Ufersteinen, noch ohne Luft.

Erst allmählich begreift er, dass er aufstehen, gehen kann. Umfangen von Licht, von Wärme.

♦

Im freundlichen Hotel hatten sie mir eine junge Angestellte geliehen, damit sie mich zum Schwimmen führe. Am Waldteich gestand ich ihr, dass ich beim letzten Schwimmen vor zwei Jahren einen Herzanfall, freilich nur einen leichten, gehabt hätte, und dass meine Tochter mich, die Bewegungsunfähige, ans Ufer zerren musste. »Das macht nichts«, sagte das junge Mädchen, »ich habe den Freischwimmerschein.« Dann saß sie oben am Steg, Sandalen und Söckchen hatte sie ausgezogen, und ließ mich, wie ich selig auf meiner Schwimmwurst dahintrieb, keine Sekunde aus den Augen.

»Kommen Sie doch auch herein«, rief ich hinauf, »das Wasser ist herrlich!«

»Nein«, entgegnete sie fest, »von oben kann ich Sie besser kontrollieren.«

Auf der Heimfahrt plauderte sie über ihre Großmütter. Die eine keife die ganze Zeit, der gehe sie nicht gerne zu, aber die andere, die bei ihnen am Hof, sei sehr nett.

»Nur für die haben wir die Hendln behalten, mit uns redet sie ja gar nicht mehr, aber ihren Hühnern erzählt sie alles. Da muss man nur zuhorchen und kennt sich aus!«

◆

Die Anzeichen für den kommenden Zerfall mehren sich. Wenn ich mich schnell umdrehe, schwanke ich, falle beinahe. Ich will etwas sagen, und die Worte verweigern sich. Noch sind solche Hürden mit Willensanstrengung zu überwinden. Noch.

Gleichzeitig ist da ein Ausgesetztsein unter offenem Himmel, als balancierte ich mitten in meinem grünen Garten auf einem Felsgipfel – nein, ich kauere auf einem schroff abfallenden Geröllhang unter Wolkenzügen, um mich ist nur der Wind. Und dennoch bin ich dort geborgen wie in einem abschirmenden Zelt.

Und immer so nahe den Tränen, der Erschütterung, der Freude.

Von vielen Seiten kommt jetzt Lob für das Geschriebene, mehr noch, das Zeugnis, berührt worden zu sein. Ich bin glücklich darüber: Ich konnte weitergeben, was mir selber geschenkt wurde.

♦

Im Traum war ich in einer jüdischen, orientalisch geprägten Familie, von der ich in der Wirklichkeit nur ein Mitglied kenne, und das aus einer Arbeitsbeziehung. Die Räume dort sind mir vertraut wie die meinen, und doch unterstehen sie einer anderen Ordnung. Es ist ein wenig düster dort, das liegt wohl auch an meiner verminderten Sehkraft. Einige Menschen gehen hin und her, ein junger Bärtiger, vielleicht ist er ein Sohn; eine junge Frau mit gelöstem Haar trägt nach und nach gebrauchtes Geschirr durch eine offene Tür in die Küche nebenan, wo sich auf Stellagen viele kleine Gefäße in undurchschaubarer Ordnung drängen.

Ich blicke durch eines der kleinen Fenster hinaus: Da gehen neben einem Flussbett einzelne schwarzgekleidete Gestalten einen asphaltierten Weg entlang, die Frauen tragen lange Röcke und haben ihr Haar unter Tüchern versteckt; jede von ihnen trägt eine brennende Kerze, wie um die beginnende Dämmerung aufzuhellen. Wo der Weg endet, gehen sie alle weiter im seichten Wasser des Flusses, ich kenne ihr Ziel nicht.

Meine Freundin ist auf einmal auch hier, sie steht in der Küche und wäscht das Teegeschirr und scheint nicht verwundert, dass ich auch hier bin – sie jedoch gehört hierher, gehört in diese Familie, obwohl sie ja neben mir aufgewachsen ist.

Jetzt erst entdecke ich in einem Lehnstuhl die Mutter der jungen Frau, ich gehe auf sie zu, um sie zu grüßen, reiche ihr jedoch nicht die Hand, das wäre nicht richtig an diesem Ort. Als ich nahe vor der Sitzenden stehe, sieht sie auf; ohne zu lächeln, blicken wir einander an, und ich bin aufgenommen.

Jetzt ist auch mein Bekannter unter den anderen, ich begreife, er ist hier der Vater. Ich nähere mich ihm, um mich zu verabschieden. Er sagt: »Ich dachte, Sie würden noch bleiben.« Der Mann sieht hier anders aus, als ich ihn von der gemeinsamen Arbeit kenne. Er ist hier Teil der anderen Welt. »Danke«, sage ich, »ich bleibe.« Dann sitze ich mit den anderen im Kreis bei einer orientalischen Mahlzeit.

◆

Zufällig gerate ich in einen Radio-Beitrag, eine Frauenstimme stellt fest, dass es dem Maler Georges Braque nicht um die alltäglichen Gegenstände gegangen sei, die er darzustellen pflegte, nicht um die Pfirsiche und die Melone, das Messer und das aufgeschlagene Zeitungsblatt, sondern um die Beziehungen dieser Dinge zueinander. Vom Melonengrün zur Pfirsichfarbe und zum Ocker des Messers.

Wie ist es aber, wenn die Gegenstände bedeutungslos werden und es nur um die Beziehungen geht, etwa um die Energieströme zwischen Grün und Ocker? Und von woher muss der Blick kommen, um Beziehungen zwischen Personen, von diesen losgelöst, als strömenden Energie-Austausch zu begreifen?

◆

Freund E. hat angerufen. Er erzählt bewegt von seiner Mutter, die ich nie getroffen habe. Sie ist vier Jahre älter als ich, 94, und seit Jahren völlig blind. Vor einigen Wochen brach sie sich einen Wirbel, musste zu einer Operation ins Krankenhaus, und als sie wieder heim konnte, war sie geschwächt und konnte nicht wie vorher ihren kleinen Haushalt versorgen, wobei ihr die Tochter aus der darunter liegenden Wohnung manchmal zur Hand ging.

Die alte Frau verschaffte sich selbstständig die Hilfe zweier Nachbarinnen, die nun Tag und Nacht um sie waren. Und lebte geschwächt, jedoch gelassen, ihr altes einförmiges Leben weiter.

E., ihr Sohn, der sie einmal in der Woche einen Nachmittag betreut, sodass die anderen Helferinnen sich freinehmen können, fand sie, als er eintraf, schlafend in ihrem Bett, er setzte sich zu ihr und sah, dass sie im Schlaf glückserfüllt, ja verklärt lächelte. Endlich schlug sie die Augen auf. E. sagte zur Blinden: »Ich bin schon eine Weile hier gesessen und habe dir beim Schlafen zugesehen.« Die Mutter antwortete: »Ich habe etwas Schönes geträumt. Von einem Schal, einem Schal in den wunderbarsten Farben. Du kannst dir nicht vorstellen, wie schön diese Farben waren«, sagt die alte Frau, die seit vielen Jahren nichts mehr sehen kann.

Seit dem Aufenthalt im Krankenhaus und der Narkose hat die alte Frau ihren Orientierungssinn verloren: Sie findet sich in ihrer kleinen Wohnung nicht mehr zurecht, in der sie seit Jahrzehnten lebt, verfehlt den Weg vom Bett ins Bad, findet ihre Küche nicht. Dann fragt sie: »Wo bin ich? Bin ich noch im Spital? Oder doch zuhause? Aber hier ist es mehr wie in einem Keller, es hallt so nach. Das macht aber nichts, ich weiß ja, ich bin in guten Händen.«

Altsein.

◆

Der Septembergarten, er hat die gedämpfte Heiterkeit eines Sterbezimmers, in dem einer in Frieden seinem Ableben entgegendämmert.

◆

Spuren einer neuen Art des Sehens, einer dynamischen: In lockerer Reihe stehende schlanke Bäume, die der häufige Westwind in eine leichte Neigung zwang, vermitteln den Eindruck von gegen den Wind Marschierenden. Sie sind kein Abbild von Menschengestalten, vielmehr sind Bäume und Menschen von der nämlichen Kraft bewegt. Eine uralte Lebensenergie bildet sich in der beharrenden Schräge der Bäume ab.

Und so ist es auch bei den verschiedenen Ausformungen der Blätter. Jedes von ihnen, das sich gegen den blauen Himmel klar abzeichnet, hat sich in diesem Augenblick zusammengefügt zu seiner ihm eigenen Form: das herzrunde, das gefiederte, fransig zerzauste, das eine, das sich verwandelt in Flaum, als wollte es gleich davonschweben, das in sein Oval zurückgenommene, gebundene.

Alles dieses in einer angehaltenen Bewegung Zusammenschießende, eben erst zur umschriebenen Gestalt auf kurze Zeit Geronnene – im Hinschauen bejaht der eigene Körper mit seinem Empfinden das, was er als das in diesem einen Augenblick Gültige sieht.

Vielleicht müsste einer jetzt tanzen, alle Starre wegtanzen.

◆

Neu und überraschend ist die Stärke der Erfahrung, dass ich Körper bin.

Wenn ich mich in Einklang fühle mit mir und der Welt, so ist das eine allen Lebensäußerungen innewohnende Erfahrung, dass es mir gut geht, und diese Erfahrung auf vielen Ebenen, vielleicht auch auf einer spirituellen, ist zugleich auch eine eindeutig körperliche Erfahrung. Ein warmes Durchpulstsein bis in die Zehen und Fingerspitzen, das im Bauchraum zusammenfließt zur Wärmequelle, ein ganz leises, kaum spürbares Vibrieren meines Körpers, als wäre er gespeist von einer unsichtbaren Kraft. (Das summende Transformatorhäuschen meiner Kinderjahre.)

Es ist mir, als würde mir dieses körperliche Daseinsgefühl für einen Sekundenbruchteil gegeben als eine andere Art von Gewissheit.

Vielleicht irre ich mich aber, und es ist meine Physis, die ihre eigene Melodie spielt und alle anderen Eindrücke hinter sich herzieht.

♦

Eben dieses Gefühl wie zwei Stunden vor der Operation, bevor man in den blitzblanken Operationssaal geschoben wird. Die völlige Bedeutungslosigkeit und Leere der Welt rundherum, Einsamkeit ohne jeden Geschmack.

Es gibt diesen Zustand jenseits der Angst. Ohne Zeitmaß.

Zwei:

Dresden

Was sie hierher geführt hatte, war glatt vorbei gegangen: die Theateraufführung, das Autorengespräch; jetzt kamen die geschenkten Tage, auf die sie sich so lange gefreut hatte, Mußetage in dieser schönen Stadt mit allen ihren Schätzen, und als Draufgabe Tochter und Enkelin an ihrer Seite.

Diese herrlich wiedererrichtete Frauenkirche, und die Residenz voll heiterer Festlichkeit und Daseinslust – die wenigen nach der Bombennacht stehengebliebenen Gebäudereste zeigen jedoch noch unübersehbar die Spuren des Brandsturms: den zu Schwarz verkohlten, wie in einen anderen Aggregatzustand hinübergezwungenen mumifizierten Stein.

Und dennoch, oder gerade wegen der sichtbaren Narben, sind diese Bauten eine Bejahung des überreichen, freudestrotzenden Lebens.

Der Aufstieg in die Kuppel der Frauenkirche. Sie hatte nicht geahnt, dass der Lift sie nur bis zu deren halber Höhe heben würde. Beim folgenden mühseligen Aufstieg bereut sie schon ihren Leichtsinn: Die schmalen, fast lotrechten Feuerleitern machen ihr Angst, ihr ist schwindlig und sie fürchtet zu stürzen, aber umzukehren ist unmöglich in diesem schmalen Schluf, und dann sind da ja immer wieder diese urplötzlichen Ausblicke durch eine kleine Maueröffnung, eine wie in einem beginnenden Tanz sich lösende Statue an der Außenfassade. Dicht hinter ihr die Stimme der Enkelin. Sie macht Witze über die 90-Jährige als Explorerin, ein lieber Versuch, die Gebrechliche auf diese Weise zu stärken.

Auf einmal ist dann oben blaue Luft und sie stehen alle drei auf der Plattform, die hier auf halber Höhe um die Kuppel läuft, und blicken aufatmend hinaus und hinunter: Um die eng aneinander geschmiegten wiedererrichteten Prachtbauten eine grüne unverbaute Fläche.

»Schön«, sagt die Enkelin neben ihr und meint das leere Rund, das die Insel der Prachtgebäude umgibt, »das find ich schön, wie dieser grüne Ring das Gebaute hervorhebt und kostbar macht.«

Die Alte neben der Jungen hält mit Mühe die jäh aufsteigenden Tränen zurück.

Es hat die Großmutter gepackt: Auf einmal ist es da, was zurückzudrängen ihr gerade noch gelang, als der Taxifahrer, ein bejahrter Dresdener, auf der Herfahrt der Enkelin zur Antwort gegeben hatte: »Ob wir noch an die Feuernacht denken? Man muss ja hier überall eine Baugrube nur ein, zwei Meter ausheben, und da liegen sie, die Gebeine unserer Toten – jeder von uns hat damals seine Großeltern oder andere Verwandte verloren.«

Jetzt, als sie hinunterstarrt auf das riesige Grasrund um das schön Wiedererrichtete, das kaum die Muschel einer Hand füllt, wird das Grün zu toter Leere, und daraus steigt es auf, das schwarze Damals. Es ist da, was damals nicht angeschaut werden konnte, weil es über die Befallenen hinwegdonnerte, den Atem zerfetzend, wo etwas mit den Überwältigten geschah, das zu sehen, zu hören, zu fühlen Menschenkraft überstieg und ihre Sinneskräfte auslöschte, sodass jene, denen es gelang hinauszukriechen – dorthin, wo das Feuer nicht war, sondern Atemluft –, zurückblieben ohne Bilder, ja ohne Erinnerung.

Während sie auf dem windumwehten Kuppelumgang steht und blicklos in den Sonnenglanz starrt, ist es, als wäre dort draußen finstere Nacht. Keine schrecklichen Bilder, sondern schwarze ungeheure Schwere, unter deren Last ihr Körper sich krümmt.

So wie damals unter der Erde, in der Enge der Kartoffelmiete, während des Bombenangriffs am hellen Frühlingstag. Wie sie mit dem Vater und dem Luftschutzwart vorm Einstieg in den Luftschutzkeller stand und wartete. Als Tochter des Chefs hatte sie dieses Privileg, sie musste noch nicht hinunter in die Enge des niederen Betonschlauchs, wo alle Arbeiter und Angestellten des Betriebes und dazwischen ein paar Frauen und Kinder in langer Reihe stumm saßen und darauf warteten, was gleich geschehen würde. Sie stand zwischen den beiden Männern und sah hinauf zum blauen Himmel, der sich jetzt schwarz färbte, dort oben zogen sie, die Bombergeschwader, in langen Reihen, die sich zu geordneten Blöcken formierten. Die Luft war jetzt ausgefüllt mit einem Dröhnen und hie und da war dazwischen das leise Knattern der Fliegerabwehr.

Wie die beiden neben ihr stand sie da, den Kopf im Nacken, und spähte, und da geschah es auch schon: Dort oben hatte sich aus der dahinziehenden schwarzen Wand etwas wie Hagelkörner gelöst, das fiel ihnen nun entgegen. Noch hatten sie Glück, denn die Flut hatte sich gerade über ihren Köpfen aus den schwarzen Körpern gelöst: Sie wussten, die Bomben würden im nahen Irgendwo ihr Ziel treffen. Schon war Geschwader nach Geschwader wie zur Parade über ihnen vorbeigezogen, da mussten die dort oben irgendwelche Klappen geöffnet haben, und das, was wie Hagelkörner schräg herunterfiel, war für sie hier bestimmt und würde gleich, was sie ihr Zuhause genannt hatte, in Schutt und Asche verwandeln.

Während sie noch vor den Männern durch den Schacht in den Schutzkeller hinunterglitt und die Stahltür des Einstiegs sich über ihrem Vater schloss, während alle die stumm Dasitzenden ihr mit angehaltenem Atem entgegenblickten – sie wussten ja, was dieses Zeichen verhieß –, war es ihr durch den Kopf geschossen: Was jetzt geschehen würde, war Vergeltung. Vergeltung, Rache für die deutschen Angriffe auf Coventry, auf London. Blutrache.

Manchmal, selten, war in den Jahren nach Kriegsende die Erinnerung an solche Bombentage wieder aufgetaucht, und jetzt ist sie unabweisbar wieder da.

Der Abstieg über eine Folge von Feuerleitern fordert ihr, der 90-Jährigen, alle ihre Geschicklichkeit und Kraft ab und zwingt sie zurück ins Jetzt.

Unten angelangt spürt sie ihre Erschöpfung. Zwischen Tochter und Enkelin, die miteinander plaudern, schleppt sie sich.

Obwohl ihr die Tochter dort drinnen einen Rastplatz verspricht, folgt sie den beiden nur zögernd ins Kircheninnere. Sie hat Angst vor dem, was sie dort drinnen an neuem Grauen erwarten könnte.

Dann steht sie im Raum. Nach dem zermalmenden Ausblick von der Kirchenkuppel herab ist jetzt dieses Innen in seiner gelassenen Heiterkeit kaum zu ertragen. Wieder trifft es sie wie ein Schlag zwischen die Augen.

Erst nach einer Weile wagt sie, sich in eine der Bänke

zu setzen und sich der Harmonie hinzugeben, die den Ort erfüllt.

Jetzt ist sie Teil nicht eines Einmauernden, sondern Erhebenden, in diesem Raum, der wohl sehr weit ist und doch jeden Einzelnen sein lässt, der mit seinem Hochaltar leise erinnert an eine katholische, auf das Hereinbrechen des Göttlichen gerichtete Kirche – jedoch hier sind die Menschen der Mittelpunkt, die hörende und betende und singende evangelische Gemeinde. Die kann alle diese in Galerien und Emporen aufsteigenden Ränge füllen.

Es ist, als sei dieser in lichte Farben gehüllte Innenraum erfüllt von einem leisen Summen, als sammelten sich darin die Gefühle der Anwesenden zu einer unhörbaren Musik, die leicht macht und beglückt.

Jetzt ist es jedoch still hier; die große Orgel, vorne im Hochaltar, könnte diesen Raum schwingen machen mit ihren Tönen, aber jetzt schweigt sie. Dennoch ist die Luft erfüllt von einer lautlosen Harmonie. Sie weiß, diese Musik kommt von den in den Bänken sitzenden kleinen Familiengruppen, Paaren, Einzelnen. Zwischen diesen Gruppen wir drei.

Sie muss nicht in die Gesichter um sie herum sehen, um zu wissen, dass sie alle das Gleiche fühlen wie sie selbst: Verwunderung zunächst, dann tiefe Dankbarkeit, dass dieser Bau, ihre Kirche, wieder da ist, wiedergeschenkt ist, und in ihrem ruhigen Leuchten das Furchtbare umschließt, das hier geschah und niemals auszulöschen ist, jedoch aufgehoben scheint in Versöhnung.

Sie sitzt da, zwischen ihrer Tochter und ihrer Enkelin, den Nachgeborenen, die still sind und schauen, sie fühlt, wie Friede sie immer tiefer erfüllt. Das Wunder, das geschah und nun in seiner Tatsächlichkeit so da steht, als wären Wunder das Naturgemäße in dieser Welt.

Sie kann sich nicht erinnern, wie sie ins Hotel zurückgekommen ist, wie sie die Zimmertür hinter sich geschlossen haben und aufs Bett gefallen sein musste. Sie kann sich nur an den Tränenstrom erinnern, der floss und floss und sich nicht stillen ließ.

Sie hätte nicht sagen können, warum sie weinte, ob es um die Tausenden und Tausenden Toten von Dresden war, um die von Hamburg und Berlin und Stalingrad und Ostpreußen und Breslau, oder um ihren kleinen Bruder, der als 15-Jähriger hatte einrücken müssen und acht Jahre später an der Tuberkulose von damals starb – oder weint sie auch um sich selber und ihre vom Schatten dieses Krieges verdunkelten Jahre?

Nach Dresden findet sie sich zu Hause in Wien bald in einem Krankenhaus. Monate später meint sie zu begreifen, dass es ihre Erlebnisse in Dresden waren, die ihre Kräfte so mitgenommen hatten, dass eine banale Erkältung sich rasch zu einer Bedrohung wandeln konnte.

Damals war auch das Tor zwischen den beiden Bereichen, dem alltäglichen und dem anderen, das bisher nur spaltbreit offenstand, weit aufgegangen, ohne dass sie es bemerkt hätte. Nach Tagen der fiebrigen Benommenheit tastet sie sich allmählich wieder zu ihrer alten Person zurück. Es sind nur vage Erinnerungen, die ihr aus einer Nebelwüste bleiben.

◆

Später tauchten Bilder mit zerfetzten Rändern auf, Szenen ohne Anfang und Ende. In ihnen bewegte ich mich als Fremde, die all das Gesehene, Geschehende jetzt zu spüren bekam, gleichzeitig lebte ich in ihnen auch als die Person, die ich einmal war, als ich in ihnen mitspielte. Geisterhafte Doppeltönigkeit.

Es kostete mich Mühe, diesen Orten den Rücken zu kehren, herauszusteigen.

Vom Fieber geschoben, gestoßen, versuchte ich den

Kopf oben zu behalten in all dem, was als verschlingende Flut andrängte. Die Bedrängung schnürte die Sprache ab, mit großer Anstrengung jedoch antwortete ich mit meiner alten Stimme, die nur noch geborgt war.

Meine Tochter erzählt mir Wochen später, als sie ins Spitalszimmer gekommen sei, sei ich mit weit offenen Augen auf dem Bett gelegen und hätte zur Decke hinauf gestarrt. Sie, die Tochter, hätte ich nicht begrüßt und vor mich hin gesagt: »Siehst du auch das Laub herunterregnen?« Da sei sie erschrocken, habe dann jedoch geantwortet: »Das muss ja schön aussehen!« Da hätte ich auch schon den Blick von der Zimmerdecke zu ihr gewendet und sie begrüßt, als wäre sie eben erst hereingekommen.

Mein Mittagsschlaf gestern war so tief und köstlich, wie er nur in der Rekonvaleszenz sein kann. Ich werde herausgestoßen durch eine herrische Männerstimme direkt neben meinem Bett und begreife, dass sie aus dem Radio kommt, das sich plötzlich eingeschaltet zu haben scheint.

Noch halb benommen versuche ich zuzuhören, und dann begreife ich: Das ist mein ältester Enkel, der neben meinem Bett sitzt.

Was er sagt, verstehe ich zunächst nicht, dann kommt

es: Das ist ein Glückwunsch an mich, der freilich in sonderbaren Bildern daherkommt. Irgendwie geht es um die Zurichtung einer Baustelle und mit welchen Arbeitslisten und Einteilungen dort eine Ordnung zu halten sei.

Endlich öffne ich mühsam die Augen und sehe in einer Art von Halbsehen zwei Gestalten schweigend vor meinem Bett stehen. Das sind die Enkel Philipp und Lina! Der Schemen Philipps hält an einer langen Stange eine beschriebene Tafel hoch, als stünde darauf eine Botschaft für mich Daliegende.

Als ich endlich klarer zu sehen vermag, sind die beiden Enkelschemen fort, jedoch im angrenzenden Zimmer höre ich jetzt leises Rascheln und Atmen.

Ich rufe: »So kommt doch! Ist das eine Geburtstagsüberraschung?«, und lache laut.

Nichts. Nur die Stimme aus dem Radio, die weiter über die Führung von Baustellen doziert.

Ich warte. Nichts. Nebenan ist es ganz still. So habe ich mich also täuschen lassen.

Lange bleibt noch ein bedrängendes Gefühl von einer Botschaft, die ich nicht verstanden habe.

Nach den breiig zähen Spitalstagen ohne jedes Unterscheidende, nicht einmal zwischen Tag und Nacht, und später dem allmählichen Zurückgleiten in meine alltägliche Ordnung und dann jähen neuen Abstürzen und endlich einem fast unmerklichen Aufwärts, einer Erholung, ist auf einmal das Leben wieder da.

Ich freue mich an jeder neuen Stunde, sie ist ja ein Geschenk, eine unerwartete Gabe, sehr kostbar und einmalig.

Starke Sinneseindrücke: Bilder von Bäumen, Zweige vor einem klaren Himmel, die Kontur eines Hügels, die der Finger nachzeichnet.

Eine Musik hören, als wäre sie eben geboren. Ich bin glücklich.

Alle Lebenskräfte, das aus dem Jetzt stammende Wollen und Wünschen, fließen mir entgegen.

Das Gewebe der Stunden wird durchsichtiger, ist durchglänzt vom Drüben her, und manchmal verwandelt sich diese Transparenz für Minuten zu einem Aufstrahlen, das das Hier und Jetzt beinahe auslöscht.

Wo bin ich damals gelandet, nachdem ich mein Erlebnis in Dresden nach meiner Rückkehr mir von der Seele gewälzt, niedergeschrieben hatte?

Noch ist rundum nicht viel auszumachen. Ich bin froh, da zu sein, freue mich an der kräftigen Suppe, am Duft, am Geschmack des Fleisches, dass ich mit immer noch unsicheren Schritten durch die Zimmer tappe. Manchmal macht heute eine unsichtbare Sonne die lastenden Wolken hell durchscheinend. Und die gelassene Bestimmtheit meiner endlich wiedererlangten Lebensform hat etwas Klares.

◆

In den Wochen der Krankheit und den folgenden, als sie sich zurücktastete in ihr früheres Leben, in diesen Tagen voll von Anstrengungen und Ängsten und immer neuer Dankbarkeit, war Dresden untergetaucht, tief unter Wasser, vergessen.

Jetzt, da sie sich stärker fühlt, steigt es wieder herauf. Dresden liegt wie eine Insel in Sichtweite am Horizont. Sie muss nur »Dresden« denken, muss nur die schwarzverglühten Mauerreste an der neu errichteten »Residenz« vor sich sehen, und schon rinnen wieder die Tränen, der Schmerz hat sie wieder gepackt und sie weiß nicht, was es eigentlich ist, das ihr da geschieht.

Was sie im Innern der Frauenkirche als ihre Befreiung und Heilung erlebt hatte, ist jetzt versunken. Geblieben ist eine Dunkelheit, aus der der frühere Anblick von der Kuppel herab auf die Schönheit des Runds hochsteigt, unter dem das zerstörte Dresden begraben liegt.

Fragen kommen auf und ein Knäuel von Gefühlen aller Art, ein Wirrwarr von erst halb zu Unterscheidendem.

Wie konnte es geschehen, dass sie die Jahre des Krieges und die folgenden des Hochkämpfens verloren hatte, vergessen hatte oder verschwiegen hatte?

Dann war der Krieg vorbei. Was war, liegt hinter ihr, hinter ihnen. Sich wieder einrichten in einem bewältigbaren Alltagsleben, sich ein Dach über dem Kopf verschaffen, die Nahrung für den heutigen Tag. Allmählich, unmerklich fast, wurden die täglichen Mühen leichter, eine Wolljacke lässt sich auftreiben, zerborstene Fenster werden wieder verglast, vielleicht findet sich morgen sogar Kohle zum Heizen des Sparherdes.

Es kommen Männer aus der Gefangenschaft heim, das Rote Kreuz hilft bei der Suche nach den vielen Vermissten. Man wagt ein klein wenig zu hoffen, dass sie noch leben, weit weit weg, irgendwo im unvorstellbar eisstarrenden Sibirien. Noch immer sind die geräumten Straßen gesäumt von Ruinen, die einmal Wohnhäuser waren, und auf Schritt und Tritt trifft man auf Krüppel, Einbeinige, solche, die eine schwarze Augenbinde tragen, solche, die in provisorischen Wägelchen geschoben werden. Solche Bilder sind Teil des Alltags, man sieht nicht mehr hin.

Wie das Leben zunächst nur aus dem Jetzt dieser Stunde bestand, die es durchzustehen galt, gibt es jetzt schon das Morgen und dann das Planen für die nächste Woche, und dann über die kommenden Monate hin.

Was war, der Krieg und wie ihn jeder auf seine Weise durchgestanden hatte, zu Boden gedrückt von seiner unerbittlichen Gewalt oder in schwachen Versuchen, dem Bösen dieser brutal Unterdrückenden, brutal Herrschenden zu widerstehen oder sich denen geschmeidig anzudienen und mitzunaschen an deren Macht, sie alle, die so Verschiedenen, haben ihre Vergangenheit hinter sich gelassen. Es ist jetzt nicht die Zeit, sich umzusehen, vielleicht ist auch die Last des gestern Gewesenen noch zu schwer, zu hart, als dass sie sich schon ins Bedenken, in Worte aufschmelzen ließe.

Dann geschieht ihnen Auschwitz.

Wahrscheinlich hat das, was hier mit »Auschwitz« gemeint ist, die Tatsache der Judenverschleppungen, der Arbeitslager, der technokratisch geplanten und durchgeführten Massenvernichtungen von Juden, Zigeunern und Außenseitern, für jeden von ihnen ein anderes Gesicht.

Für sie selbst waren es die Fotografien aus dem von den Amerikanern eingenommenen KZ in Buchenwald, die

Fotografien von zu Skeletten abgemagerten Insassen, die mit leeren Augen in die Kamera blickten, als ob sie die Rettung, die ihnen jetzt widerfuhr, nicht mehr glauben konnten. Die Gebirge übereinander geworfener Schuhe, deren Träger in den Krematorien zu Asche verbrannt worden waren, der Berg von Zahnprothesen.

Die Sieger, die Alliierten, zwingen die Bürger von Weimar, durch Buchenwald zu defilieren und es sich anzusehen mit offenen Augen. Berge, Haufen von Zahngold, von Schuhwerk, abgetragene Treter und Lackstiefeletten durcheinander.

Es verschlägt ihnen allen die Sprache, wie es ihr selbst heute noch die Worte abschneidet.

Sie hatten das, was dort in jener anderen Welt des KZs, der Gefängnisse und Straflager geschah, ja alle geahnt und manche gewusst.

Jetzt, im grellen Scheinwerferlicht, verschlägt es ihnen die Rede. So ist es der alten Frau, die damals ein junges Mädchen war, ergangen, und ähnlich hat sie es später stockend von anderen berichtet bekommen.

Bin auch ich schuldig an dem, was denen dort in der Hölle geschah? So begann sie sich da zu fragen.

Die krassen Bilder auf der Leinwand zergehen und weichen einer unbestimmten Schwärze, weil die Übriggebliebenen vergehen müssten, wenn sie diese Bilder hineinließen, dorthin, wo das Herz schlägt.

Sie alle haben es gesehen, das Unvorstellbare, was Menschen Menschen mit kalter Berechnung antun, jetzt bleibt ihnen nur zu schweigen und anderswo hinzusehen, vor allem auf die drängenden Aufgaben, die ihnen ihr Morgen stellt. Es ist jedoch ein anderes Schweigen als das, das vor Auschwitz über ihnen lag.

In dieses Schweigen hinein fallen die Anklagen, die nicht mehr verstummen werden: »Ihr seid schuld. Ihr alle seid schuld an dem, was in Auschwitz geschah.«

Für die, denen eine greifbare Schuld nachzuweisen ist, liegt der Fall klar, sie werden alles tun, um ihr Leben oder wenigstens ihre Existenz und Ehre zu retten: Sie werden fliehen oder sich herauszulügen versuchen, vielleicht werden einige wenige noch vor ihren Richtern zu ihren Untaten stehen.

Die vielen anderen Übriggebliebenen sehen ihnen dabei zu, wie man einem Schauspiel folgt, das die eigene Lebenswelt streift.

Sie alle leben jedoch unter dem Gewicht des Richterspruchs »Ihr alle seid schuldig!«. Jeder von ihnen hört es als

Frage an ihn, den Einzelnen, was er damals in dieser Zeit, die noch immer so nahe ist und gleichzeitig so unvorstellbar fern, mit sich geschehen ließ oder was er damals tat.

Es ist jetzt ein schlechter Zeitpunkt, um den Anklägern und mehr noch sich selber darauf Antwort zu geben. Noch ist das Gewesene, das braune Regime, noch sind die Kriegstage zu nah, um sie ins Auge fassen zu können. Es ist, als sei man erst ein klein wenig aus dem Sumpf herausgewatet, als reiche einem der kalte Schlamm des Gewesenen noch immer bis zu den Hüften und wolle einen nicht loslassen.

Allmählich lassen sich diese Fragen, die Anklagen ein wenig zurückdrängen, dann fast vergessen. Wenn da nicht immer noch der Chor der Stimmen wäre, die rufen, ja schreien: »Ihr alle seid schuldig an dem, was damals geschah! Auch an dem, was euch zugefügt wurde, wagt es nicht, auch nur scheinbar sachlich von dem zu berichten, was euch genommen wurde, von Vertreibungen, von euren Toten auf den Schlachtfeldern und in euren zu Recht zerbombten Städten!«

Sie schweigen weiter, weil sie die Besiegten und vielleicht, aber das wissen sie für sich noch immer nicht, auch die Schuldigen sind.

Wie damals das, was sie für sich den »Auschwitz-Komplex« nennt, langsam aus ihrem Gesichtskreis verschwand, nur um gelegentlich wie eine schwarze Drohung wieder aufzusteigen, wird aus dem Schweigen etwas Beständiges, beinahe Süßes.

Wie die Jahre, ja Jahrzehnte vergehen, wird rundherum mehr und mehr geredet vom Damals des Naziregimes und der Kriegszeit. »Nie wieder Krieg, nie mehr Diktatur, nie mehr Menschenvernichtung.« Das viele Reden, all die Ausstellungen und Theaterstücke und klugen Abhandlungen decken das Schweigen zu.

Wieder das Schweigen. Und das Vergessen, das so schwer zu durchschauen ist, weil es sich aus vielerlei Quellen speist.

Ihnen allen aus dieser Generation, auch ihr selbst, bleibt mit der offenen Frage die Last. Und dieses Ungeklärte bleibt auch als Last für die Kinder und Enkel.

Vielleicht ist es, weil sie wieder den *Fidelio* gehört, gesehen hat, auch Rocco, den Kerkermeister, und jetzt das alte Erlebnis sie wieder überfällt.

Wie sie, es war eine der ersten Wiener Opernaufführungen nach dem Krieg, im »Theater an der Wien« auf einem der schmalen Klappsitze saß, in Vorfreude auf diese Oper, die sie sich vor dem Krieg aufgespart hatte für eine Zeit, wo sie nicht mehr so dumm wäre, dass sie von ihren halbkindischen Gefühlen gebeutelt würde und dem Werk Beethovens eher gewachsen wäre – da war auf einmal der Kerkermeister Rocco, der die Arie vom im Beutel klingenden Geld singt, mit dem allein sich gut leben ließe, und der dem Befehl des Mörders folgend dienstwillig dem unschuldigen Fidelio das Grab schaufelt und nach der Wende zum Guten großspurig daherredet, als sei er immer der Gerechte gewesen. Da stieg dem jungen Mädchen, das sie damals war, ins helle Bewusstsein: Rocco war ein »Mitläufer« – ein »Mitläufer«, wie sie selbst und alle die Überlebenden in den »besiegten« Ländern, die nach dem Urteil der »Sieger« entweder vor dem Recht Schuldige oder wenigstens »Mitläufer«, also Mitschuldige gewesen waren, Täter im Kleinen oder willenlos Mittragende.

Aber sie war doch noch ein halbes Kind gewesen, als alle diese aus ihrem Dasein Gejagten ermordet wurden, war 15, 16, 17 und 18 Jahre alt und anfangs, für kurze Zeit, von den Nazis begeistert gewesen. Dann war das System für Unbefangene schnell zu durchschauen, sie hatte ja auch das Glück, durch ihre Schule und ihren Freundeskreis in eine andere, in sich ruhende Lebenswelt aufgenommen zu sein.

Nur – warum hatte sie damals nie gefragt, was mit den freundlichen Geschäftsleuten geschehen war, die bisher um sie gewesen waren, Figuren, die wie schützend am Rand ihrer Kindertage gestanden waren – jetzt war dort Leere, wo die Wärme ihrer Anwesenheit gewesen war. Es scheint ihr jetzt, als hätte sie über die neue Leere damals hinweggesehen.

Sie grübelt nach, sie trägt die Last dieser Frage mit sich herum, versucht, mit Freunden, mit solchen, die sie für verantwortungsvoll hält, darüber zu sprechen. Es dämmert ihr die Frage nach der Mitschuld der scheinbar Unschuldigen, die willenlos zusahen, was die nebenan an kleinen Vergehen und Verbrechen verübten, die manchmal zulangten, um sich ein Stück von der herrenlosen Beute zu nehmen, die, ja auch das, manchmal den kaltblütigen Mördern halfen und nicht fragten, was sie da taten – solche auch, die dagegen waren und versuchten, dagegen zu handeln, und doch nichts als ein Zahnrad in der grausigen Machtmaschine der anderen waren, sie alle, wir alle Mitschuldige oder wir alle Mitleidende?

Wie schwer es der alten Frau ist, über diese Zeit zu berichten. Immer wieder hat sie es in den Monaten versucht, die auf das Dresdner Erlebnis folgten, versucht, was damals war, ihr immer wieder wie ein glitschiger Fisch durch die Finger glitt, in Worte zu fassen.

Sie kann sich erinnern, wie in den folgenden Jahren die Ankläger, die selbsternannten Verhörleiter andere waren: Sie kamen jetzt aus einer jüngeren Generation, waren nicht mehr selbst Betroffene, sondern oft schon deren Kinder. Und ihre Anklage lautete anders: »Wie konntet ihr nur so verächtlich handeln, wie konntet ihr nur so unmenschlich sein? Warum seid ihr nicht aufgestanden gegen das schreiende Unrecht, gegen die bis zum Morden verkommene, dumpfe Blödheit? Wir hätten anders gehandelt.«

War es vielleicht so, dass unter diesen neuen Angriffen, die oft nur halb ausgesprochen waren, jedoch in der Luft zu hängen schienen, der Bewegungsraum der Altgewordenen nochmals beschnitten wurde? Sie selbst, die alte Frau, hat es an sich erfahren, wie sie in ihrer stummen Abwehr, ja manchmal in ihrer Wut auf die Schreier nicht die Kraft, nicht die Freiheit gefunden hatte, für sich zu fragen und zu finden, was ihre jetzt überschaubarer gewordene Erinnerung, ihr eigenes Gewissen ihr sagen wollten.

Die alte Frau schämt sich jetzt, dass ihr Schweigen – und wohl das von vielen aus ihrer Generation – in diesen Jahren ein verbissenes, verstocktes wurde.

Aber das fragt sie sich nun doch: Hat sie damals wirklich ihr Schweigen immer gehalten? Nie darüber gesprochen, was ihr im Krieg, nach dem Krieg geschah? Dann fällt es ihr ein.

Sie hat ja davon geredet oder es versucht, ein einziges Mal.

Da saßen sie wie sonst auch am Mittagstisch, an einem Werktag, sie mit ihren Kindern, den Teenagern und der Jüngsten, der Volksschülerin. Ihr Sohn berichtete, in der Geschichtsstunde sei ihnen ein Film gezeigt worden über die letzten Kriegstage in Berlin. Nur Schießen und Rauch und Trümmer, dazwischen Schatten von rennenden Menschen, die sich in Trümmern zu bergen versuchen. Dann unversehens seine Frage, ob es hier in Wien auch so gewesen sei. »Nicht überall«, antwortet sie auf der Hut. Aber hier, gerade hier, in ihrer Gasse, in ihrem Viertel, wie sei es da gewesen? »Du musst nur die Grinzinger Allee hinauf gehen«, sagt sie und hat jetzt alle pädagogische Vorsicht vergessen, weil sie auf einmal die verdrängte Erinnerung überwältigt, »dann siehst du an den Hausfassaden noch immer die Einschüsse der russischen Panzer.«

»Und Tote waren da auch?« fragt jetzt der Ältere.

»Die Russen haben ihre Gefallenen ganz schnell an Ort und Stelle begraben, aber die anderen, die Unsrigen, lagen noch zwei, drei Tage so da, bis sie unsere Väter oder die Buben begruben. Wir Frauen haben uns ja damals verstecken müssen.«

Der Jüngere hat zu essen aufgehört. Er sagt: »Du lügst.«

Sie ist mit einem Mal aus der Erinnerung geworfen. »Glaubst du, dass ich lüge?«

Und er: »Eigentlich lügst du nie. Aber jetzt lügst du.«

Dann redet keiner mehr, sie sitzen um den Tisch und essen den Spinat und das Rindfleisch und den Erdäpfelschmarren, und die kleine Tochter, die gerade erst mit dem Schulgehen begonnen hat, isst auch und schaut von einem zum anderen.

Später rechnete sie nach: Diese Unterhaltung führten sie etwa zwanzig Jahre nach Kriegsende. Etwa in diese Zeit fiel ein diesem verwandtes Gespräch, das eine Freundin mit ihrer etwa 15-jährigen Tochter führte. Die Tochter hatte sich bei der Mutter erkundigt, wieso die denn ohne Maturazeugnis hatte studieren dürfen, und die hatte ihr erklärt, dass sie als sogenannte Halbjüdin in der Nazizeit von allen Schulen ausgeschlossen gewesen war – im Nachhinein hätte sie als eine Art später Wiedergutmachung die Zulassung zum Studium leichter erhalten.

An einem normalen Schultag hätte sie der Direktor zu

sich rufen lassen und nur gesagt, sie solle heimgehen, ab morgen sei sie als Halbjüdin vom Schulunterricht ausgeschlossen. »Das hätte mir passieren sollen«, hatte ihre Tochter damals gesagt, »dass ich so mir nichts, dir nichts von der Schule fliege, am liebsten einen Tag vor der Mathe-Schularbeit, wo ich sicher wieder ein Nichtgenügend kriegen werde.«

Da war die Mutter verstummt und hatte auch nachher nie mehr das Bedürfnis verspürt, über das zu sprechen, was ihr angetan worden war.

Wiederum viele Jahre später, aus der Tochter der Freundin, dem Teenager von damals, ist inzwischen selbst eine Mutter von drei Kindern geworden, frage ich sie, ob die ehemalige Schülerin sich noch an diese Episode erinnere. Für ihre Mutter sei ihre damalige Antwort folgenreich gewesen. Die junge Frau antwortet erregt, »ihr wart selber schuld, ihr Alten habt so komisch geschwiegen, und wenn ihr einmal geredet habt, habt ihr so komisch geredet.« Jetzt muss die betroffene Fragerin wieder schweigen.

Drei

Der Besucher werde auf die Minute pünktlich eintreffen: Er habe ja ein GPS in seinem Auto. Dann aber kommt statt des Mannes ein Anruf am Handy. Er stehe jetzt vor ihrem Haus, alle Fenster dunkel, aufs Klingeln und Klopfen und Rufen – nichts.

Ob sie denn ihre richtige Hausnummer angegeben habe, als man sich vorgestern verabredete? Aber natürlich, sie wohne schließlich seit 25 Jahren hier. Sie sei ganz sicher, dass die Hausnummer stimme. Doch schon spürt sie einen leisen Zweifel aufsteigen. Der Fußboden scheint ein wenig zu schwanken. Während sie mit festen Worten ihre Sicherheit bestätigt – schließlich sei sie ja noch nicht dement, freilich schon in hohem Maße vergesslich –, geht sie, das Handy am Ohr, die Stiege hinunter, durchs kalte Vorhaus, ist schon beim Haustor. Im schwachen Licht der Außenlampe kann sie die Hausnummer auf dem Schild lesen. »Die Hausnummer stimmt!«, ruft sie erleichtert und ärgert sich zugleich, weil sie sich wieder einmal von ihrer neuen Unsicherheit einfangen ließ.

»Wo sind Sie denn?« fragt sie jetzt den verhinderten Besucher mit Autorität. »Was sehen Sie rundherum?«

»Ich sehe nichts, weil es hier nicht nur ganz dunkel, sondern auch noch nebelig ist. Oh, da ist ja ein Kirchturm, ein wenig unter mir!«

»Das gibt es nicht«, antwortet sie streng, »unsere Kirche liegt am höchsten Punkt des Ortes.«

Der Anrufer ist schon wieder unterwegs. Er beschreibt seine Fahrt durch einige schlecht beleuchtete Gassen bergauf und bergab. Sie versucht das Gehörte mit ihrer erinnerten Umgebungskarte in Einklang zu bringen, die sie sich in vielen Wegen hin und her angeeignet hat. Und jetzt die Erleuchtung: Ihr Besucher ist im Nebenort, der vor einiger Zeit der Großgemeinde wieder eingegliedert wurde, sodass das Navigationsgerät jetzt zwei »Hauptstraßen« und zwei Häuser mit gleicher Hausnummer anzeigen kann.

Erleichterung auf beiden Seiten.

Während sie ihrem Besucher in ihrer Fantasie bei seiner Wegsuche zusieht, legt sie den Vogelschauplan ihrer Ortskenntnisse über seinen Bericht. Verwirrung, Schwindelgefühle bis zum Brechreiz. Ist sie hier wirklich zu Hause?

Stunden später. Da ist der fremde Besucher endlich angekommen und wieder gegangen, bin ich die schlafend Hellwache, in meiner Traumstadt, die sich über die Jahre von Traum zu Traum immer vertrauter macht, obwohl ich nie einen Fuß dorthin setzte.

Aus einer Senke tief unter mir steigt der Kirchturm auf.

Jetzt gehe ich durch eine menschenleere Gasse zwischen niederen Häusern. Mauerfront an Mauerfront, dann aufgerissen ein schmaler Durchgang. Modrige Steinplatten unter den Füßen. Gras wächst aus den Ritzen. Später ein windiger Platz, den einige Gebäude vergeblich zu umschreiben versuchen. Schon bei einem früheren Besuch habe ich den schmalen Durchschlupf entdeckt, der vom großen Platz wegführt. Wenn ich mich traue, den engen Schluf entlangzutasten, stehe ich urplötzlich im freien Weiten: Apfelbaumwiese, Windwehen.

Anderswo, die Abzweigung von der Hauptstraße weg habe ich mir nicht gemerkt, geht es eine unbestimmte sandige Ebene entlang, und dann liegt es plötzlich da: unter dem grauen Himmel das graue Meer. Gurgeln und Seufzen der leise anschlagenden Wellen.

Vielleicht ist meine Traumstadt auch irgendwo auf diesem Planeten zuhause; wenn es so ist, werde ich es nie erfahren.

◆

Ich beobachte, wie mit dem allmählichen Schwinden des Augenlichts, mit dieser kaum merkbaren Ausdehnung, Verdichtung des Schattenreichs auch mein Sinn für das

Wirkliche als das Sichtbare sich mehr und mehr verflüchtigt.

Mit dem klapprigen Automobil hinauf und hinauf, dorthin, wo der Wald immer finsterer wird und näher und näher kommt und jetzt die Straße beinah schon erdrückt. Der Vater sagt, sie führen hinauf – aber nein, es geht ja hinein und hinein.

Zu den Glasschleifern geht es, sagt der Vater. Jetzt halten sie vor einem niederen Gehöft. Drinnen ist es finster, dann ist greller Feuerschein, schwarze Männer stehen da und schauen ihnen entgegen. Hier blasen sie nur Flaschen, sagt der Vater. Milchflaschen, Medizinfläschchen, die da können nichts anderes. Einer der Männer brummt etwas, er wird dem Kind ein Spielzeug blasen, übersetzt der Vater. Der schwarze Mann mit dem schwarzen Schurz nimmt eine andere Trompete von der schwarzen Wand, sie ist dünner als die, die er vorher in der Hand hatte. Jetzt hält er die Trompete in den über offenem Feuer gefährlich brodelnden Kessel, er führt sie zum Mund, und da sieht sie, wie an ihrem Ende ein hauchzartes Gebilde wie aus reinem Eis sich hebt und biegt. Ist es ein Eiszapfen, der jetzt die Regenbogenfarben des Feuers spiegelt, oder wird es ein winziges Elfengeschöpf? »Nimms dir«, sagt der finstere Mann und hält dem Kind seine Trompete entgegen, an der das Elfchen gefangen hängt. Mit zarten Fingern greift das Kind, da macht es einen ganz leisen Silberklang, und ein wenig Sand rieselt auf den schwarzen Boden. Der Mann lacht jetzt laut, und auch der Vater schmunzelt. Er kennt ja diesen alten Spaß. »Noch einmal?« fragt sie der Mann. Das Kind schüttelt den Kopf. Es ist nicht einmal traurig. Als wäre es richtig so, dass das Elfchen nicht dableibt.

♦

Es ist heiß, ein Sonntagnachmittag, die Eltern und Onkel und Tante sitzen am weißen Gartentisch im Schatten der Platane. Träge reden sie etwas, die drei Kinder spielen in der Sandkiste, der sie schon lange entwachsen sind.

Das Bierglas ist klamm in den Händen, wenn man ein wenig vom Schaum kosten darf. Gemütlich nennen die dort drüben solche sehr langen Nachmittage.

Ein Arbeitsbesuch. Mit dem gestern noch Unbekannten bespreche ich unser Programm für die nächsten beiden Tage; eingeschlossen eine Fahrt in die Wachau und ein Heurigenabend.

Wie soll ich diese zwei Tage hinter mich bringen?

Ich spiele mit in einer Theateraufführung, eine müde Schauspielerin, die sich in ihre Garderobe zurücksehnt und nach dem ersten Schluck Rotwein, in ein noch kaum vorstellbares Nachher.

Sie reden schon eine Weile miteinander und es ist, als wäre der fremde Besucher inzwischen ein guter Bekannter.

Dann rückt der Mann seinen Stuhl anders zurecht, das Licht der Stehlampe fällt jetzt hell auf sein Gesicht, und sie erschrickt: Da ganz nahe vor ihr sitzt jemand, den sie noch nie gesehen hat.

◆

Ein stetig wachsendes Bedürfnis nach Einsamkeit.

Ich lasse mich immer öfter zurückfallen in eine andere Dimension, in der die plane Lebensfläche sich verwandelt in einen himmelhohen Raum, hier ist eine andere Luft.

Ich wüsste nicht zu sagen, ob dieser Raum leer ist oder erfüllt von vielen Stimmen, die ich erst ahne und noch nicht höre.

◆

Das Bild: Im neubezogenen Haus öffnet sie das Mansardenfenster und blickt zum ersten Mal hinunter in einen Nachbargarten. Über dessen grüne Wiese ziehen soeben zwei weiße Bräute mit wehenden Schleiern. Sie tragen Kelchgläser wie Blumensträuße in den Händen und reichen sie an die Gäste weiter, die in starren Grüppchen herumstehen.

Das Bild ist stumm. Als hätte einer den Ton abgeschaltet, weil das soeben Geschehende schon der Vergangenheit angehört.

♦

Es ist wohl eine frostige Jännernacht. Als sie heimkam, den Garten durchquerte, sie hatte die Ecklampe nicht angedreht, sie kannte ja jeden Schritt hier, als sie um die Ecke bog, stand der Nussbaum da. Er war ein Riese, dessen Äste in leisen Biegungen einem geheimen Ziel folgten, er stand da in seiner Winternacktheit und trug in seinen Ästen Sterne über Sterne.

♦

Wie es jetzt ist: Ich unterhalte mich lange und, nun ja, intelligent, über meine Ausflüge in die ethnologische Literatur in den 70er und 80er Jahren, dann über die politischen Verwerfungen unseres Jetzt, wie ich Alte sie zu registrieren versuche.

Bin dann, auf meine beiden Walkingstöcke gestützt, zügig unterwegs. Was für ein gesunder Tag des Hellseins heute: und weiß doch die ganze Zeit, dass ich performe, eine Vorstellung gebe. Aber für wen? Für mich – oder für den Enkel neben mir? Komme heim, ziehe mich aus, falle ins Bett zur Nachmittagsruhe – und scheine dort tatsächlich angekommen, wo ich die ganze Zeit war – aber wo denn angekommen?

Keine Gespräche, kein Fernsehen, nicht einmal Musik – einfach sich fallen lassen ins Leere.

Als Präsident Obama in seinem Nachruf für Nelson Mandela neulich aus tiefer Überzeugung sagte: »Er war ein durch und durch guter Mensch«, kamen mir die Tränen. Was für eine unglaubliche Wertungskategorie eines gejagten Politikers für einen anderen. Und was für eine beglückende andere Sicht.

Franz Schuh hat einmal meine Unabhängigkeit gelobt. Er las etwas aus meinen Texten, das mir selbst, freilich unbewusst, wichtig war.

Heute weiß ich, dass mir noch wichtiger als die Unabhängigkeit nach außen die gegenüber meinen eigenen

Wünschen und Ängsten ist, und da eine klare Sicht zu erreichen, ist schwierig.

◆

Leise Bewegung im braunen Geäst. Flügelschlag lautlos, schwarzweißes Flirren.

Die Geheimnisse dringen ans Tageslicht. Ich stelle mich ihrem Blick. Die glatte Fläche des Wassers spiegelt den leeren Himmel.

◆

Geschehen, Handnahes und doch Weltenfernes, das sich dem Erleben verschließt, wo die eigene Vorstellungskraft nicht andockt.

Als damals die kleine Tochter, eine Volksschülerin noch, Strafen von der Lehrerin bekam, die heutige Schreibübung über die gestrige gestülpt (die sie nicht gebracht hatte); wie dann das Kind, das die Strafaufgabe wieder nicht geschrieben hatte, nicht in die Schule ging, sondern mit der Schultasche am Rücken den Sonnenweg am Hungerberg auf und ab wanderte. Erst war es 8 Uhr gewesen, dann hatte es vom Turm der Karmeliterkirche 9 Uhr geschlagen, endlich zehnmal. Hoffentlich würde es bald 11 Uhr sein. Dann würde es nur noch eine Stunde, eine lange, lange Stunde dauern, bis sie heimdurfte, mit unschuldiger Miene die Schultasche abstellen würde, die Fragen der Mutter, wie es denn heute gewesen sei, vage beantworten – sie habe schon einen so großen Hunger. Aber jetzt das Hin- und Hermarschieren, die beiden freundlichen Straßenarbeiter, die sie von ihren Wurstbroten hatten abbeißen lassen und gar nichts gefragt hatten, waren schon lange mit ihrem Fahrzeug fort. Einmal kam ihr auf dem verlassenen Spazierweg eine Frau mit einem Einkaufskorb entgegen – die sah sie von der Seite an und die Kleine musste ihr Unschuldsgesicht aufsetzen und mit strammen Schritten an ihr vorbei, und dann die alte Dame mit dem Stock: sie war stehen geblieben, hatte sie angesehen und gefragt, wieso sie denn um diese Zeit nicht in der Schule sei – zum Glück war ihr eine Ausrede eingefallen! Bei einer Mitschülerin sei eine Krankheit ausgebrochen und die anderen Kinder wären wegen der Ansteckung ganz rasch nach Hause geschickt worden. Da hatte die alte Dame nur den Kopf geschüttelt und etwas von »Leichtsinn« gemurmelt – und sie war noch einmal gerettet.

Aber, drei Tage später, da war sie endlich heimgekommen – da oben am Hungerberg war es heute windig und kalt gewesen, geregnet hatte es zum Glück nicht –, da war ihr die Mutter schon im Vorgarten aufgeregt entgegengelaufen, wo sie denn um Gottes Willen gewesen sei – heute Vormittag und an den letzten Tagen? Gerade habe sie die Lehrerin angerufen, wo denn die Entschuldigung für das erkrankte Kind bleibe.

Jetzt musste das Kind gestehen, wie der Berg an Schreib-Strafen immer höher geworden sei – und wie sie sich geschämt habe, der Mutter etwas von dieser ihrer allererersten Strafe zu sagen. Und es sei schrecklich gewesen, dort oben am Hungerberg und so ohne Ende und an jedem Tag wieder.

Damals war die Mutter nach dem ersten Schreck nur erleichtert gewesen, erleichtert und dankbar, dass ihrer kleinen Tochter, so ausgesetzt und allein, nichts Böses begegnet war.

Erst Jahrzehnte später kommt der Mutter, die jetzt eine alte Frau ist, das Empfinden, was ihre kleine verlassene Tochter damals als Wirklichkeit durchlebt hatte. Vielleicht, vielleicht, war es damals für das Kind so, wie es ihr jetzt manchmal scheint: In welche Anderswelt von rettungslosem Ausgeliefertsein ihr Kind damals gefallen sein mag. Als habe sich damals unter seinen Füßen lautlos eine Falltür geöffnet.

Der andere Blick. Der andere Blick, das ist der Blick von Anderswoher. Von diesem Anderswo, das mir vielleicht später einmal geschenkt wird. Unbekannte Welten türmen sich um mich und in mir. Welten, zum Greifen nah, und solche, in denen ich blind lebe, ohne sie je gesehen zu haben.

Die Ameise in ihrer Ameisenwelt, für die die zufällig hintretende Kindersandale ein Erdbeben bedeutet.

Zu Hause sein, in dieser Welt der Geheimnisse, von denen manche offenkundig werden wollen und die meisten nur ihren Schatten in meinen Tag werfen.

♦

Das Bild: In unseren italienischen Kindersommern, die ein glückerfülltes ewiges Jetzt waren, versammelten sich an den Vormittagen die Kinder, die aus verschiedenen Städten und aus verschiedenen Sprachen gekommen waren, in ihren kleinen hölzernen Booten, den Sandolini, den Badestrand entlang, und dann paddelte die Schar zur Roten Bucht, die ihnen allein gehörte, dort schwammen sie und tauchten, die Mutigen sprangen von den Felsen, die die Bucht sichernd umschlossen, und streckten sich dann aus auf dem roten Sand, der als ein kleiner Raum inmitten der dunklen Felsen lag und den Himmel als Decke hatte, und ließen diesen Sand, der seine Farbe von winzigen roten Schneckenhäusern hatte, durch die Finger rieseln.

Einmal meinte das Mädchen, das sie damals war, sie hätte dort drüben, ein wenig über der Wasserfläche, etwas wie eine schwarze Öffnung erspäht. Als alle gebannt einer der Heldengeschichten ihres Anführers lauschten, hatte sie sich fortgestohlen und war hinübergeschwommen und rasch, ehe sie noch Angst haben konnte, getaucht, und wirklich, das kleine Felsloch bot dort unten eine breitere Öffnung, es bedurfte nur zweier Armzüge und sie war drinnen. Sie war in einer Anderswelt angekommen. In einer hellschimmernden Grotte, die so hoch war, dass ihre hochgereckten Arme die Decke nicht erreichen konnten und von der eine weiße Säule hing. Sie wandte sich um, da war wie in einer Fensteröffnung nichts als eine unendliche Bläue, sie wusste nicht, ob es das Meer war oder der Himmel – das Meer! Und jetzt fiel ihr ein, wenn dort draußen einer der großen Dampfer vorbeigezogen war oder gar einer der beiden Kreuzer, und die hohen Wellen plötzlich da waren, wenn die anderen dösend am Strand lagen und vor der näher gleitenden Wasserwand ihre sieben Sachen zusammenraffen und davonrennen mussten – der Ansturm solcher Wellen würde die Höhle wohl bis zur Decke füllen und den Eindringling ersticken.

Sie stand noch ein, zwei Atemzüge lang auf dem hellen Kies in knöchelhohem Wasser und sah hinauf ins weiße Glimmen der Wände um sie und hörte jetzt ein leises Klingen, diese Melodie, die das Anschlagen der kleinen Wellen lebendig hielt, und drehte sich wieder um, der unerbittlichen Bläue zu, sie ließ sich ins Wasser gleiten und tauchte schon, mit geschlossenen Augen, weil da draußen das tiefe Meer in seiner finsteren Unendlichkeit wartete, und tauchte auf und öffnete die Augen und schwamm zurück zu den Freunden, denen sie nicht abgegangen war.

◆

Die gehüteten Geheimnisse der Alten, die sie vor den zupackenden Pflegehänden verstecken, vor den überlegenen Blicken der Betreuer. Die Marotten und Laster, ihre Liebesgeschichten, von denen die rundherum nie begreifen würden, dass es Liebesgeschichten sind. Die boshaften heimlichen Triumphe: »Da kommst du mir nicht auf die Schliche«, das eifersüchtige Verstecken des Letzten, was ihnen noch gehört.

Auch ich habe meine Geheimnisse.

◆

Der Traum von vorgestern hängt noch immer hinein in meine Gegenwart. Ich bin ein heimlicher Eindringling in diesem grauen Betongang, von dem rechts und links Brettertüren irgendwohin führen. Hie und da ein Bub, der sich mit niedergeschlagenen Augen an mir vorbeidrückt. Seinen hungrigen Blick spüre ich auf meinem Rücken. Zögernd öffne ich eine der Türen: ein finsterer Verschlag, 20 Bettgestelle, je zwei übereinander, die Luke an der Decke schickt etwas Licht herunter. Der Raum ist leer. Die nächste Tür, schwache Bewegung in einem der Betten. Dort kauert ein schmächtiger Junge, klein noch, sein Gesicht wie verschwommen unter einer ständigen Bedrohung. So fahles Haar.

Ich kauere mich neben das Kind. Keine Antwort auf meine Fragen. Endlich zieht er eine kleine Umhängetasche unter sich hervor. Eine braungesprenkelte überreife Banane und ein Schokoladestück. Und noch etwas steckt zwischen den mageren Fingern, rosa Stoff: ein Hemd, der Ausschnitt mit Silberborte verziert, die sich schon ablösen will, ein winziges Pumphöschen wie für ein Kinderballett. Wortlos werden die Schätze wieder eingepackt und wieder versteckt.

Von draußen eine Kommandostimme. Ich springe auf, hinaus auf den Gang, drücke mich in eine Nische. Von weither kommt eine bullige Gestalt, der Aufseher? Vorn wird die Tür zu einem Verschlag aufgerissen und zugeknallt, eine Drohung, die Schadenfreude hallt wider.

Und jetzt dort drinnen, wo der schmächtige Junge in seinem Winkel kauert, die dröhnende Stimme, das schreckliche Lachen.

Als ich Tage oder vielleicht Wochen später ins Verlies zurückkomme, sind Männer mit mir. Sie tragen die Uniform eines unbekannten Landes.

Mit ihnen gehe ich suchend von Abteil zu Abteil, von Verschlag zu Verschlag – dort drückt sich eine Schar der stummen Kinder in eine Ecke, sie schauen mit Blicken, die sehen mussten und nicht mehr an Auswege glauben. Ich frage nach meinem Kleinen, nach dem Tanzäffchen. Störrisches Schweigen. Endlich deutet einer nach unten: »Dort unten. Der ist fertig. Nichts mehr zu holen.«

Warum jetzt solche Träume? Ein anderes Mal wird mir, die ich jedoch eine andere bin, ein Zungenkuss aufgezwungen. Technisch einwandfrei, mit dem Zerstörungspotential völliger Gleichgültigkeit.

Träume, in denen ich, wie auf unterirdischen Wasserläufen in andere Flussreiche, in andere Lebensreiche hinübergeschwemmt werde. Nie mehr die alten Träume, mit denen es war, als beträte man noch nie gesehene Zimmer in dem großen Haus, das Daheim hieß.

Damals – war es vor einigen Tagen oder vor einem Jahr? – der Traum von einer völligen Vereinigung mit einem Unbekannten, jedoch gleich Geliebten. Erfüllung, alles früher Erlebte auslöschende Seligkeit bis in jede Pore – es gibt keine Stelle an ihrem Körper, die sich nicht dieser Berührung, diesem Eintauchen öffnet. Als wäre alles in dieses Jetzt zusammengeflossen, was Sein heißt, jede einzelne schon durchlebte Sekunde, die Sternennacht und ein anderes Mal der todnahe Schmerz, auch jede Liebesstunde, alle diese nie vergessenen Momente, von denen sie jetzt erst weiß, was damals noch immer schmerzlich gefehlt hatte.

Als der Traum versinkt, bleibt eine Erfahrung bei ihr, die von nun an jede Stunde erhellt, ob sie nun einen Apfel schält oder den Teller unter dem Wasserstrahl spült. Speist sich ihr Leben jetzt aus Träumen?

♦

Die Liebesgeschichten der Alten.

Wie würde sie darüber schreiben? Über eine solche

Liebe, die die rundum nicht als Leidenschaft erkennen könnten?

Sie versucht es nicht einmal. Es gibt Eigentumsrechte und ihre Mauern stehen anderswo als in der Jugend, die es zum Teilen, zum Mitteilen drängt und sie dazu verpflichtet.

◆

Es gibt ein Foto von Philipps Kindergarten-Fasching. Die andere Großmutter hatte sich das Löwenkostüm ausgedacht, ihm den plüschenen Bettvorleger übergestülpt, den Raubtierkopf als Haube über dem Kindergesicht drapiert und dem kleinen Gesicht mit dem Augenbrauenstift einen Löwenbart und Raubtierfalten aufgemalt. Auf dem Foto streckt der kleine Bub die mit einer Art Klauen geschmückten Filzhandschuhe weit von sich, er schaut unsicher, ja ängstlich drein.

Als sie jetzt das Foto anschaut, fällt ihr ein, was Philipp damals geflüstert hatte: »Und wenn ich auf einmal Lust bekomme, wirklich einen Menschen zu fressen – was mache ich dann?« Kindlöwe, Löwenkind.

◆

In einem der vielen Bücher, die ich nicht mehr lese, mit den tausenden Abbildungen, die ich nie mehr ansehe, wartet noch immer jene trotz ihrer verwaschenen Grautöne mich jäh anspringende alte Fotografie vom afrikanischen Kontinent, dieses Bild, das den 4-jährigen Philipp damals so sehr in seinen Bann gezogen hatte, dass er lange Minuten davor sitzen und es anstarren musste.

Auf einer Lichtung zwischen struppigem Gesträuch bewegen sich drei riesige Masken auf dünnen schwarzen Menschenbeinen, auch sie sind räudig, verschlissen wie das Buschwerk rundherum. Wenn ihre Augen an dem unlesbaren Ausdruck hängenbleiben, ist auch sie wie der 4-jährige erstarrt in dieser Gegenwelt.

Später einmal, da waren die Großmutter und der Bub beim Pilzesuchen in einen niederen Fichtenwald gekommen und streiften zwischen den eng stehenden Stämmen suchend umher. Das Kind war sehr leise geworden, auf einmal richtete es sich auf, packte die Großmutter am Arm und flüsterte ihr ins Ohr: »Ich glaube, da wohnen die Masken. Gehn wir weg.«

Zwischen den Fichtenstämmen hängt jetzt ein lautloses Flüstern. Auf Zehenspitzen schleichen sich Enkel und Großmutter ins Helle.

»Und? Diese paar Momentaufnahmen sind alles, was dir geblieben ist von all deinen Jahren und Jahren, Jahrzehnten und Jahrzehnten – sonst nichts?«

»Nichts als lautloses Wetterleuchten in einem Nachthimmel.«

♦

Das Bild ist Córdoba: Córdoba – da möchte ich noch einmal hin. Oder ist es ein anderes Córdoba, das ich jetzt finden würde? Wenn man zuletzt vor 20, 25 Jahren an einem Ort war und das zum ersten und einzigen Mal, ist dieser Ort hinübergerückt auf einen anderen Planeten. Ein Traumort, ein Wunschort.

Das niedere, festgebaute, abgeschlossene Dunkle, die schmalen steingepflasterten Gassen, die offenen Haustore, das Schimmern von drinnen her.

Man muss sich jetzt nur bezwingen, sich durch den dunklen Schluf zu tasten, dann steht man in einer umfriedeten Helligkeit. Den Innenhof kann man mit sieben Schritten durchmessen, so kann ihn das leise Plätschern des Brunnens ausfüllen; jede für sich stehen die Pflanzen in ihren Gefäßen, jede zeigt ihre Eigengestalt und besondere Farbe. Ihr Grün steht da und fließt nicht weg in eine

unbestimmte Ferne, auch das Herz bleibt in dem umfriedeten Raum.

Hoch steht darüber die helle Höhe des Himmels.

♦

In den Ferien am Meer, wenn die Bora weht, freuen sich
die Kinder. Sie rennen den herspringenden und wieder
eingesaugten Wellen entgegen, bis dorthin, wo sich die
zimmerhohen zischend überschlagen, springen der nächsten auf den Rücken, lassen sich im Galopp strandwärts
tragen, klatsch!, stürzend landen sie im feinen Strandkies.
Lassen sich mit der Rückflut zurücksaugen bis dorthin,
wo sie sich auf den nächsten anrollenden Wellenberg heben lassen, und wieder das kurze Dahinjagen und wieder
der Absturz und das Dahinjagen und das Fallen und Rei-
ten und Fallen und immer so weiter.

♦

Die vierte Dimension: Manchmal wie unter einem Nacht-
blitz jäh aufstrahlend, ein neues Bild unserer Wirklichkeit,
jenseits unserer alltäglichen Sehbehinderung.

Der Eindruck ist schwer zu beschreiben, am nächsten

kommt es jenem an den Schwindel grenzenden Gefühl, das einen befallen kann, wenn man sogenannte kinetische Bilder sieht, die versuchen, die verschiedenen Seiten eines Körpers so auf einer Fläche festzuhalten, wie sie in unserer dreidimensionalen Welt nie auf einen Blick zu sehen sind. Etwa die Drehbewegung eines stürzenden Vogels.

Es ist dann, als risse eine Explosion den Schleier von unserer Welt, und dieser Vorgang ist so lautlos wie der Mikrobruchteil der ersten Sekunde nach einer tatsächlichen Detonation, wobei zuerst Atemlosigkeit gespürt wird, dann das Beben, die Erschütterung und noch später der Donner und das Niederkrachen der verwüsteten Materie.

Die Bilder, die kommen, sind Hieroglyphen: Voller Bedeutung und nicht in Sprache zu übersetzen. Sinnbeladen.

◆

Spähen, spähen nach allen Seiten, vom Holzstoß springen in drei Sprüngen zum »Leo«, zum schützenden Freiort in diesem Räuber-und-Gendarmen-Spiel, anschlagen und rufen: »Eins, zwei, drei, ich bin frei«, und mit sich überschlagender Stimme: »Frei!« Von keinem werde ich mich je fangen lassen, niemals, nie!

◆

Die kleine Bucht in diesem entlegenen Winkel von Teneriffa war auf beiden Seiten von schwarzen Vulkanfelsen eingeschlossen und von schwarzen Kieseln bedeckt. Touristen, wenige, lagen dort auf ihren bunten Badetüchern vor einer windschiefen Bretterhütte, von einer Fahnenstange knatterte die rote Flagge im starken Wind, und anrennende Wellenberge überschlugen sich mit Getöse am schwarzen Strand.

Also Badeverbot, aber draußen jenseits der Brandung sah sie zwei, drei auf- und abtanzende Köpfe.

Sie zog sich schnell um und stand schon im Sand und lief der nächsten anreitenden Welle entgegen. Sie ist zurückgerutscht in die Wellenspiele ihrer Kindheit. Damals, wenn die Bora die Küsten der Adria bedrängte, dieses Spiel vom Hingeben und Sich-Wiegenlassen vom mächtigen und freundlichen Meer, immer und immer wieder, als wäre das Kind in einer kleinen Ewigkeit, einem Immer, angekommen.

Dieses alte Spiel spielt sie hier wieder, als Erwachsene jetzt und mit diesen mächtigen Wogen, deren Krone sie kaum im Sprung erreicht. Jetzt bäumt sich vor ihr eine Wasserwand, sie springt. Eine schwere Masse schlägt über ihr zusammen und will sie erdrücken. Eine übermächtige

Kraft packt ihren Körper und zieht ihn hinaus, ihr Bauch schleift dahin über Hartem. Schwärze. Im Ziehen und Fortreißen die Gewalt eines Ozeans.

Starr lässt sie das Unabwendbare mit sich geschehen. In ihr ist ein lähmender Zorn, als ob ihr alter Spielgefährte, das freundliche Meer, sie betrogen hätte.

Sie weiß: Es ist aus.

Eine Explosion packt sie und schleudert sie in die Gegenrichtung. Luft! Luft!

Bäuchlings liegt sie auf den Kieseln, die sirren im abfließenden Wasser, von weitem eine Männerstimme, die auf Hamburgisch sagt: »Das war man knapp, junge Frau«, mühsam schaut sie auf, da stehen die Strandgäste, die sich gerade auf ihren Handtüchern gesonnt haben, und schauen sie alle an.

Ohne ein Wort schleppt sie sich in die Umkleidekabine und schält sich aus dem Badeanzug. Es rieselt, schwarzer Sand löst sich in Brocken von ihrem Bauch, von ihren Beinen. Sie sieht an sich hinunter, sie ist am ganzen Körper schwarz. Wütend beginnt sie an sich zu reiben. Aber die Schwärze lässt sich nicht so leicht wegreiben: Der Druck der Wassermassen hat ihr den schwarzen feinen Sand in jede Pore ihres Körpers gepresst. Sie kratzt und reibt und gibt endlich auf.

Nur ins Auto: Sie ist so zerschlagen, dass sie bei jedem Schritt ihren Willen aufs Äußerste mobilisieren muss.

Endlich! Sie startet und fährt den Felspfad hoch, zwei enge Kurven und noch eine. An einer Ausweichstelle hält sie, kriecht aus dem Wagen. Sie sitzt sehr lange auf einem Felsbrocken, zwischen schwarzen Steinen und Stachelgewächs, die Bucht ist von hier aus nicht zu sehen.

Draußen das ungeheure Meer, tiefblau und gekrönt mit weißen Schaumkämmen.

Sie sitzt da und ist noch immer voll bitterem Zorn.

♦

Wenn ich das, was ich sagen – niederschreiben – möchte, im Kopf vorformuliere, muss ich jetzt oft nach der haarscharf passenden Bezeichnung suchen. Wenn es früher so war, als beträte ein Schauspieler aufs Stichwort hin die Bühne und spräche seinen Text, schwanke ich jetzt zwischen nebeligen Wörtern hin und her. Schließlich lässt sich das richtige Wort auch auf diese Weise finden, jedoch ist es dann so, als wäre ich endlich beim Durchblättern der Kleiderstange auf die für diesen Anlass halbwegs passende Jacke gestoßen.

Aber noch brauche ich Pullover und Jacken und schützende Kleider, noch ist die Zeit der Nacktheit nicht gekommen und noch nicht die Zeit des anderen Schweigens.

◆

»Sag, wovon möchtest du denn eigentlich sprechen?«

»Ich weiß es nicht, noch verbirgt es sich im Gewand der von hiesigem Sinn gefüllten Sätze. Vielleicht müsste man tot sein, dem Hiesigen gestorben, um die rechten Worte aussprechen zu können.«

◆

In der Menschenmasse, in der sie nicht mehr als lebendiges Gegenüber für die Welt der anderen da ist, wird ihr klar, was sie jetzt ist: ein Etwas oder ein Hindernis wie ein Möbel, ungeschickt im Raum platziert, das es vorsichtig zu umgehen gilt.

◆

Was sie hier betreibt, diese Chronik des Abschiedes, beschreibt, wie sie sich, von Sprosse zu Sprosse hinabgleitend, in einer sich verändernden Situation immer von

Neuem zurechtfinden muss: Heute ist es das Krampfen der Beine, gestern war es das Sichstoßen an den zu Hindernissen verwandelten altvertrauten Möbeln.

Morgen wird ihr wieder etwas anderes geschehen. Als laufe da ein Prozess ab, physikalisch oder chemisch, in dem ihr altes Ich allmählich zu schmelzen scheint.

♦

Wie wenig aus dem brodelnd Ungewissen ans Ufer der Sprache zu bergen ist:

Strandgut, aus Lebensbereichen, die keine Sprache haben, aber dort, tief unten, schlägt das unruhige Herz.

Aber getraue dich auch, vom Glück mancher Stunden zu reden, von dem noch nie erblickten Farbenspiel am Abend, von der runden Vollkommenheit dieser Orange, von der spielerischen Strenge des Webmusters in meinem Schal.

♦

Wie so oft schlaflos im Bett, mit geschlossenen Augen an Sätzen feilend.

Zum ersten Mal verfehle ich die Worte, die festhalten

sollen, was ich als Gestalthaftes schon in mir trage, sich jedoch seiner Geburt verweigert.

Ich liege da, ziele jetzt mit Anstrengung auf das einzige Wort, das hier das richtige ist. Ich sehe es als Schemen, ich ziele und treffe es nicht. Ich suche nach einem Ersatz und muss das hervorgezogene Wort gleich wieder wegwerfen.

Die Zeit ist nahe, wenn sich mir meine Sprache gänzlich verweigern wird.

Wie wird das dann mit dem Ungeborenen, dem Niegesagten enden? Und wie mit mir?

Das Gedicht, das ich niederschrieb, als ich etwa 30 war – also vor 60 Jahren – und an dessen Schluss ich mich noch erinnere:

Ich schlafe nicht, die Flügel sind
vom Mahlen des Winds
zerrieben.
So muss ich an der Schwelle stehn
verloren dem Hier und Drüben.

♦

Wenn einer unversehens aufwacht und zurückgespült wird ans Ufer des Bewusstseins. Du öffnest die Augen und siehst rund um dich Dunkel.

Vielleicht ist es 3 Uhr, vielleicht Mitternacht – oder hast du nur noch eine Stunde, bevor du dein bergendes Bett verlassen musst und hineinkriechen in einen klammen Vorfrühlingstag, der dich mit seiner trüben Düsternis fesseln wird?

Dann wirst du entlassen sein aus dem Gefängnis der zäh fließenden Ruhestunden – und du hast Angst.

◆

Nachts, als sie nicht schlafen kann. Sie geht in den beiden Zimmern hin und her, hin und her, hoffentlich wird sie wieder schläfrig.

Sie tritt ans Fenster, die Asphaltstraße zieht glimmend davon, überm Dach des Nachbarhauses liegt eine matte Helligkeit. Als sie sich auf die Zehenspitzen hebt, geht über dem schwarzen Dach dort drüben groß der Mond auf. Sie lässt sich auf die Fersen zurücksinken und die Helle ist verschwunden, fortgezaubert.

Wieder und wieder, Heben und Senken, ein Kinderspiel von ganz früh, ein Wunder, das sie, sie selbst bewirkt.

◆

Ich bin nicht imstande, die anstehende Entscheidung über eine Neuordnung meines Alltagslebens zu treffen.

Wie möchte, wie muss ich künftig leben, und wo? Und mit wem? Die Vorstellung eines starren Betreuungsnetzes macht Angst. Ich fühle mich jetzt schon eingesperrt hinter den Gefängnismauern mechanischer Hilfeleistungen. Die Einsamkeitserfahrung des kleinen Kindes trifft auf die neue Hilflosigkeit der sehr, sehr alten Frau. Nicht einmal für rettende Wut reicht es mehr.

Nebelhaft zeigt sich manchmal eine Ahnung von etwas ganz Anderem, das Sicherheit, Zuflucht böte, über die Bedrohungen hinaus, aber meine Schrittweite ist schon zu kurz, um den Ausstieg dorthin zu schaffen.

◆

Meiner schnell abnehmenden Sehkraft, dieser sich ausbreitenden Verdunkelung meiner Welt entspricht eine geistige Erblindung. Phänomene wie die augenscheinliche allgemeine Hilflosigkeit, die Resignation, die gerade noch im Zaum gehaltenen Panik-Reaktionen, umgeben mich wie schwarze konturlose Felsmassen in einer sternenlosen

Nacht. Ich habe selbst meine Souveränität, sie anschauen zu können, verloren. Verloren erst recht die Zauberkraft, ihre Felsenwucht in handhabbare Modelle zu verwandeln, mit denen sich leicht konstruieren, ja bei einigem Geschick sogar jonglieren ließe.

Ein Pferd, das seinen Reiter abgeworfen hat und dahinschießt in panischem Galopp.

Oder etwa: Schmelzvorgänge? Wie im Tauen aus Festem ein Fließen wird, die scharfen Konturen sich auflösen, wie Unterschiedliches sich eint.

Wie sich in Feuerhitze Getrenntes mischt zu einem Neuen, dessen Name sich erst später finden wird.

Schreibschwierigkeiten. Die überstrapazierten Hände versagen den Dienst.

Die Knöpfe des Aufnahmegerätes lassen sich kaum bedienen.

◆

Die Tage des Weggehens, des endgültigen Abschieds, die geprägt sind vom Ausgesetztsein, vom Ausgeliefertsein an einander widersprechende, miteinander kämpfende Kräfte, sie ist so hineingeworfen, so durchgerüttelt, dass sie die

Übersicht verloren hat und damit die Fähigkeit, das ihr Geschehende zu benennen. Sprache ist eine Krücke, die sich verbiegt unter dem wachsenden Gewicht des Unsagbaren und bald ganz abgebrochen werden wird.

Jetzt helfen ihr die Erinnerungen an die Bomben und die Nachkriegstage. Die damalige Erfahrung der von Stürmen umbrausten winzigen Inseln im Auge des Taifuns (so sagt man doch), und diese windstille Insel heißt: der Augenblick, heißt: Jetzt.

Vielleicht ist es Zeit, das Fragen und die Antwort-Versuche zu vergessen.

Wenn es einen Nachher-Zustand nach dem Vergessen, dem Verschweigen gibt, so führt der Weg dorthin vielleicht über das Erinnern, das Hinsehen und Bedenken, jedoch ist die Sphäre der Lösung (der Er-Lösung?) aus dieser Verbannung nur auf andere Weise zugänglich.

◆

Und dann wieder: Überwältigende Gefühle wie eine aushungern wollende Gleichgültigkeit, Verachtung, ja Hass, die wie Stürme über eine wehrlose Landschaft ziehen. Sie sind unabhängig von jedem Verursacher, von jedem Ziel.

Ich erkenne sie wieder in den beständigen Anklagen der

Nachbarin in meinem Wiener Wohnhaus, in ihren kleinen Bosheiten, der beschmutzten Türmatte, den geknickten Blütenzweigen im Vorgarten. Und fühle mich dann dem eigenen Gestoßenwerden, Fortgezogenwerden umso stärker ausgesetzt.

Ist auch das Altsein?

Und die zahlreichen Zwischenfälle, die das geschmeidige Dahinfließen des Tages immer wieder stauen: der verlegte Haustorschlüssel, ich kann erst zur Verabredung, wenn ich ihn wiedergefunden habe; ein anderes Mal habe ich vergessen, mit welchem der drei Hebel ich die Leitung für das Gartenwasser abdrehen muss.

Gestern habe ich mich in den Weingärten verirrt. Ich sah hinab auf mein Dorf, in einer halben Stunde würde ich wieder zuhause sein.

Ich war einen anderen Pfad als den gewohnten gegangen, hatte die Strauchzone schon hinter mir und war auf den abfallenden Weinterrassen gelandet, wo plötzlich mein Pfad endete. Die Mauern zwischen den Terrassen waren übermannshoch. Es gab keine Möglichkeit, sie zu überwinden. Ich irrte nach rechts und irrte nach links. Die schön geschichtete Steinmauer, die meine Terrasse von der tieferen trennte, war überall gleich hoch.

Ich musste den kräftezehrenden Anstieg auf mich nehmen und war nicht sicher, ob ich dazu imstande sein würde. Panik setzte ein.

»Bleib ruhig«, sagte ich mir, »der Rettungshubschrauber wird dich schon finden.«

Von unten sah mein nahes Dorf freundlich zu mir herauf. Ich saß im Gras und atmete tief, ich inhalierte den Spray für Notfälle und machte mich schließlich wieder auf den langen Weg zurück.

◆

Ein märchenhafter Frühling. Seidenblaue Tage, eine sanfte, wärmende Sonne, Wind in den knospentragenden Zweigen.

Manchmal hat sie den Eindruck, als wären diese Tage nur für ihre Person veranstaltet, das Geschenk eines »Nocheinmal«. Manchmal ist ihr, als lenkte sie eine geheime Macht, als stünde hinter allem scheinbar zufällig Eintretenden ein Plan.

◆

Ich werde tatsächlich in die Osterferien fahren. Mein Sohn brachte mir gestern die Bahnkarte, vielleicht war er enttäuscht über meine mangelnde Vorfreude – aber ich bin noch eingeteilt in das Vielerlei der letzten Hausreparaturen, der Frühlingsbestellung des Gartens, dazu immer drängender die Schreibarbeit.

Das neue Buch zeigt endlich seine klar umrissene Gestalt, und ich weiß jetzt, wo ich noch was daran zu tun habe – und das sofort, solange mir das Schreiben noch möglich ist.

Trotzdem werde ich jetzt auf Urlaub fahren, ehe ich in einer lähmenden Erschöpfung versinke.

Angst vor neuen Erlebnissen, auch wenn die frischen Eindrücke wohl schön sein werden. Jede neue Begegnung gräbt sich tief und schmerzhaft ein. Ich verstehe jetzt, wieso bei uns Alten ein schützender Panzer wächst, bis er schließlich undurchdringlich geworden ist. Bei mir ist es noch nicht so weit.

♦

Strömende Musik, in der sie ertrinkt. Vorne singen sie, dass ihr Leben wie Gras sei, es wird verdorren wie eine Blume auf dem Felde.

Das weiß sie ja gut, obwohl sie mit ihren 16 Jahren, außer den von Vögeln und Mäusekindern noch keinen Tod erfahren hat. Und jetzt »Ich will dich trösten, wie eine Mutter« – sie brauchte diese Worte nicht, weil die Musik allein sie aufnimmt und birgt. Sie weiß nicht, wie ihr geschieht, sie ist in dieses Konzerthaus hineingeschneit, ein bisschen aus Zufall, ein bisschen aus Neugier. Als der Vater ihr die Konzertkarte zuschob, hatte er bemerkt, dass der goldene Musiksaal sehr schön sei.

Sie sitzt unter den anderen Gebannten und lässt sich trösten und hochtragen von einem Ton zum nächsten, die Melodie klingt so, wie sie klingen muss, sie kann nicht anders.

Als die Musik verstummt, schämt sie sich, weil die rundherum sich Erhebenden sehen werden, dass ihr die Tränen über die Wangen rinnen. Sie springt auf und stolpert durch die Reihe der Applaudierenden hinaus, die Treppe hinunter, und rennt wie blind durch die Gassen, ihre Finger umklammern noch immer die Eintrittskarte, auf der steht »Brahms, ein deutsches Requiem«.

◆

Musikmachen: »Es ist ein Kindersaxophon«, sagt der Vater und schiebt ihr das längliche Silberding über den Tisch hin. »Probiere einmal!« Sie setzt die Trompete, etwas Ähnliches muss es wohl sein, an die Lippen. »Hinein summen musst du«, kommt es ungeduldig vom Vater, also probiert sie es mit »Hänschen klein«, und jetzt ist eine starke Musik im Raum, eine fremdklingende, wenn sie aufhört zu summen, hört auch die Musik auf, und wenn sie wieder zu summen anfängt, ist die Melodie wieder da – so ist es also sie selbst, die dieses Wunder bewirkt, darüber freut sie sich sehr.

Wenn sie jetzt ihre eigenen, gerade entstehenden Sätze sich vorspricht, ist da das gleiche Erleben einer neuen Melodie, und später, wenn sie das von ihr Niedergeschriebene laut vorgelesen hört, ist Entzücken da über diese Musik, die wie vom Himmel gefallen erscheint, und dennoch weiß sie voller Verwunderung und tiefer Dankbarkeit, dass sie selbst es war, deren Finger, deren Atem, deren Lippen die Geburt dieser Stimme von anderswoher erst ermöglichten.

Und als ob im letzten Akt des Scheiterns all das Feilen und Weglassen nichts anderes im Sinn hatte, als der allmählich herauswachsenden Musik mehr und mehr zu ihrer eigenen Gestalt zu helfen.

♦

Zu Ostern ist sie mit ihren Kindern in einem Kärntner Gebirgstal. Eine arme Gegend, am Fuß des Karawankengebirges, steile Wiesen hinauf zu den hochsteigenden Felswänden, aber die Menschen in der kleinen Berggemeinde und auf den gut instandgehaltenen Berghöfen rundherum kommen den Fremden gastfreundlich vor, sie erscheinen lebensheiter.

In der Nacht ist das Tal erfüllt vom Rauschen des Flusses.

Da ist das Dresden mit der Schleppe an Verlust- und Zorngefühlen, die es nachzog, wieder da. Das Tal mit seiner eigenen Kriegsvergangenheit, es ist Partisanenland, Haderlap-Land.

♦

Irgendwann in den Dresdner Tagen fiel ihr das Michelangelo-Sonett in der Übersetzung Rilkes ein, das sie schon als 15-Jährige auswendig gelernt hatte. In den folgenden Jahren und Jahrzehnten war es bei ihr geblieben. Sie sagt es sich gelegentlich vor, stumm oder laut, als wäre es die Antwort auf ihr eigenes Schweigen und auf das Schweigen von ganzen Generationen.

Die Nacht, die du hier siehst, im Gleichgewicht
des schönen Schlafes, bildete im Stein
ein Engel. Schlaf heißt ihr Lebendigsein.
Wenn du's nicht glaubst, so weck sie auf: sie spricht.

Schlaf ist mir lieb, doch über alles preise
ich, Stein zu sein. Währt Schande und Zerstören,
nenn ich es Glück: nicht sehen und nicht hören.
Drum wage nicht zu wecken. Ach! Sprich leise.

Die alte Frau darf jetzt nicht vergessen, dass Michelange-
los vielleicht trotziges, vielleicht resigniertes Zurücktreten
in die zum schönen Monument versteinerte Gestalt der
›Nacht‹ in der Medici-Kapelle nichts zu tun hat mit dem
verstockten, verbitterten Schweigen der Nachkriegsgene-
rationen, das alles zudeckte, was mit NS-Jahren, Krieg
und Nachkriegszeit zusammenhing. Doch ist es, als ob
der Sonett-Satz »Wenn du's nicht glaubst, so weck sie auf:
sie spricht« und darauf die Antwort »Schlaf ist mir lieb«
mit der überraschenden Wendung »Ach! Sprich leise« als
Zeichen der Berührbarkeit zu tun hätten mit der Stillung,
die ihr damals in Dresden im bergenden Muschelgehäuse
der Frauenkirche zuteil wurde: etwas Aufschmelzendes,
Heilung von Anderswoher.

Und wie in den Jahren und Jahrzehnten nach der braunen Zeit und nach dem Krieg diese KZ-Welt sich für sie in Nebel auflöste, so scheint sich jetzt die Episode in Dresden in Unsichtbares, Unspürbares zu verflüchtigen.

◆

Die Wolke, die als Wand hinter ihrer überhellen Inselwelt stand, damals, als sie jung war, nichts war wichtiger als dies. Sie zu durchdringen, Einlass zu finden in das dort drüben wartende Geheimnis, das als Ahnung herübersprach, so leise, dass man seine Worte nicht verstehen konnte.

Sie hatte sich auf den Dachboden geschlichen, weil sie jetzt allein sein musste mit dem, was vorher ihre Deutsch-Professorin gesagt hatte: Dass man Gott suchen könne.

»Gott«? Sie schloss die Augen und etwas stand als unbewegliche dunkle Wolke dort drüben. Es stand dort, es zerging nicht und kam auch nicht näher.

Das Wolkenland und was dort wohnt ist ein Geheimnis geblieben, in all den Jahrzehnten ihres Lebens, man konnte dieser Anderswelt den Rücken zukehren.

Jetzt, da es leerer geworden ist auf ihrer Insel, sieht sie

das Andere wieder deutlich da stehen, und es ist, als vibriere es von einer Art Leben.

Und ihr ist, als sei das, was sie aus ihrer Jugend als Frage mitgenommen hatte, jetzt zur Antwort geworden.

Es lebt einer nicht von der Antwort auf seine Frage, er kann vielmehr in der Frage leben.

Manchmal hatte sie Glück. Und nach einem Regenguss blieb das Wasser in braunen Lachen noch lange stehen. Dann konnte man, wenn gerade kein Erwachsener in der Nähe war, mit einem schnell gefundenen Aststück die trübe Pfütze umrühren und umrühren, wie es zu Hause die grantige Frau Maria mit dem Kuchenteig machte, man konnte das Wasser mit feierlicher Gebärde über den Köpfen imaginärer Gläubiger verspritzen, wie sie es bei einem in feierliches Rot gewandeten Pfarrer in der Kirche gesehen hatte. Man konnte sogar, wenn man den anfänglichen Ekel überwand, vorsichtig mit den Fingern am Rand der Pfütze stochern und aus dem an Unaussprechliches erinnernden Gatsch kleine Kugeln und Kuchen zu formen versuchen.

Aber einmal, als sie den langweiligen Weg zur Mühle entlang ging, wollte sie gar nichts derlei Verbotenes anstellen, da war mitten auf dem Weg etwas Glänzendes, das leuchtete in allen Himmelsfarben lila, orange, rot, blechgrün – es sah aus, als sei ein Regenbogen vom Himmel gefallen und läge nun hier zur Berührbarkeit eingeschmolzen –, als könne sie hingreifen und hielte dann die leuchtende Seligkeit zwischen den Fingern. Aber das wagte sie nicht, sie stand nur da und schaute es an, die Farben, das Glänzen. Da waren Schritte hinter ihr und die Stimme des dicken Onkels, die sagte: »Haben die Kutscher schon wieder mit der Wagenschmiere geurasst.«

Sie sah nicht auf, weil sie dem Himmelsspiel zu ihren Füßen folgen musste. Beiläufig dachte sie: »Der Onkel Werner ist also dumm«, und sie versank wieder in die Musik des Glanzes.

◆

Das Bild ist: Sie geht dahin auf der Landstraße, die Bäume rechts und links gehen auch, die Gehende überholt einen nach dem anderen.

Sie ist keinem Auto begegnet und keinem Traktor. Die Felder und Wiesen rechts und links liegen jedes in seiner Farbe. Wenn sie manchmal an einem der niederen, in sich gekehrten Gehöfte vorbeikommt, sind Tore und Fenster fest geschlossen, kein Hundegebell, Stille.

Ringsum geht alles unter in Grün. Nur die vom Ostwind gekrümmten Bäume sind noch da. So wie jetzt wird sie immer dahingehen.

♦

Verwandlungen.

♦

Sonne auf dem Gesicht, auf den müßigen Händen. Leere, Sonne, Wärme, durch und durch.

Klappern von Holz gegen Holz: das Windspiel. So hat sich der Westwind erhoben. Zeit ist wiedergekommen.

Am Abend geht sie nochmals durch den Garten. Sie bleibt stehen und schaut in den durchsichtigen Himmel. Die Schwalben haben ihre Abendjagden begonnen, lautlos ziehen sie oben ihre Kreise.

Sie ist müde vom Sonnentag und wird bald schlafen gehen. Es ist nichts mehr zu sagen.